AF577523

PUCKI – unser Mütterchen

Titania Verlag

INHALT

DIE SCHWÄRZEL

Unter der großen Linde war der Kaffeetisch gedeckt. Das dichte Laub des alten Baumes ließ keinen Sonnenstrahl durch; so verspürte man wenig von der drückenden Junihitze. Frau Gregor schaute nach allen Seiten aus. Weder ihre drei Buben noch ihr Mann ließen sich sehen. Freilich, bei Doktor Claus Gregor war es nichts Seltenes, dass er den Nachmittagskaffee versäumte; zu viel Arbeit lastete auf ihm. Aber ihre Kinder waren zur Pünktlichkeit erzogen und längst hatte die Uhr die vierte Stunde geschlagen.

Frau Gregor, von ihrem Mann und allen Bekannten trotz ihrer fast dreißig Jahre immer noch wie in ihrer Kinderzeit „Pucki“ genannt, ließ sich auf einem bequemen Gartenstuhl nieder. Es war sonst nicht ihr Platz, hier saß sonst ihr Mann, ihr Claus. Aber von diesem Stuhl aus konnte sie jene Fenster der Klinik sehen, hinter denen der beliebte Arzt seine Sprechstunde abhielt. Wenn sich eins der Fenster öffnete, wusste sie, dass der letzte Patient gegangen war und sie Claus erwarten konnte.

Pucki gab sich, während sie sinnend dasaß, der Träumerei hin. Sie konnte mit ihrem Los zufrieden sein. Aus der kleinen wilden Pucki, die in ihrer Jugend manchen dummen Streich begangen hatte, war die beliebte Frau eines angesehenen Arztes geworden. Er hatte sich aus eigener Kraft, durch unermüdlichen Fleiß, durch Tüchtigkeit, Zuverlässigkeit und Gewissenhaftigkeit emporgearbeitet und leitete nun eine eigene chirurgische Klinik. Jahrelang war es der Wunsch des jungen Arztes gewesen, hier in Rahnsburg eine eigene Klinik zu eröffnen. Durch eine Erbschaft war ihm endlich die Ausführung seines Planes möglich geworden. Anfangs war es nicht immer leicht gewesen, allen Anforderungen gerecht zu werden, aber heute besaß die Gregorsche Klinik bereits einen guten Ruf. Aus der ganzen Umgegend kamen die Patienten vertrauensvoll mit ihren Leiden und ihren Nöten zu ihm. Und nicht nur Doktor Claus Gregor suchte zu helfen, auch seine liebe Frau half nach Möglichkeit ihren Mitmenschen und stand ihnen bei, soweit es in ihren Kräften lag.

Drei gesunde Knaben waren das ganze Glück der Eltern. Karl, bereits acht Jahre alt, war ein aufgeweckter und fleißiger Junge. Peter, der Ostern zur Schule gekommen war, ließ sich schwieriger erziehen; oft machte sich Pucki Gedanken darüber, ob sie seinen Unarten gegenüber nicht allzu nachsichtig gewesen wäre. Der fünfjährige Rudolf sorgte schließlich dafür, dass es in Haus und Garten immer etwas zu lachen gab. Seine drolligen Einfälle, seine Neugierde und seine Verschmitztheit machten den Eltern mancherlei zu schaffen. Wenn alle drei wie die Orgelpfeifen nebeneinanderstanden, überkam Pucki ein Gefühl großen Glücks. Wie dankbar durfte sie dem Schicksal sein, dass es ihr keine allzu großen Sorgen auf den Lebensweg warf! Freilich, Ärger und Aufregungen blieben ihr nicht erspart. Als die Blicke der jungen Frau weiterwanderten, hin zu der großen Wiese, die sie im vorigen Herbst dem Nachbarn Dreffensteg abgekauft hatten, erinnerte sie sich noch schaudernd jenes Augenblicks, als man ihr den Jüngsten, fast vom Schlamm erstickt, ins Haus getragen hatte. Sie war damals sehr krank geworden und musste zur Kur in ein Bad fahren. Inzwischen übernahm die frühere Leiterin eines Kinderheims die Aufsicht über die Kinder. Aber die Frau Oberin war streng, wenn auch gerecht, nur ihre Erziehungsmethode schien für Puckis Kinder ungeeignet, und noch heute erinnerten sich die Kinder mit großem Unbehagen an jene Zeit.

Wie schön war es hier unter der großen, alten Linde im eigenen Garten! Vorn lag das stattliche Haus der Klinik, neuzeitlich eingerichtet. Drüben, den Hof abschließend, war eine Mauer, von Jasminsträuchern verdeckt. Vor der Liegehalle standen blühende Rosen, ein Anblick, der die Patienten erfreuen und ihre Lebenslust erhöhen sollte. Mit größter Sorgfalt achtete Pucki darauf, dass das Blühen im Garten nicht endete, denn wo Blumen sind, ist Freude, sagte sie sich, und Freude brauchten die Kranken, die hierher kamen.

Pucki schaute auf die Armbanduhr. Eine Viertelstunde war bereits über die festgesetzte Kaffeezeit verstrichen. Unwillig erhob sie sich, ging zur Jasminhecke und rief laut nach ihren drei Knaben. Sie ahnte, dass sie wieder im Hof bei Frau Mahler waren, um den Küken, die gestern ausgeschlüpft waren, zuzuschauen.

Herr und Frau Mahler waren seit fast zwei Jahren bei Gregors angestellt. Der Arzt brauchte einen Chauffeur, der gleichzeitig auch alle Gärtnerarbeiten besorgte. In Mahlers hatten sie ein tüchtiges Ehepaar gefunden, das das vollste Vertrauen des Arztes genoss.

Die drei Knaben, die im Hof neben der Glucke und ihren zehn Küken kauerten, hörten den Ruf ihrer Mutter, erhoben sich sofort und liefen zu ihr in den Garten hinüber. Ehe Pucki ihnen ein Wort des Vorwurfs sagen konnte, war sie von der lärmenden Schar umringt.

„Mutti, die Schwärzel hat gelbe und schwarze Kinderchen!“

„Mutti, es ist zu drollig! – Aus den Federn gucken die kleinen Köpfchen raus! Es sieht aus, als ob die Schwärzel viele Köpfe auf den Flügeln sitzen hat! – Mutti, komm mit, das musst du sehen!“

„Nein, jetzt hingesetzt, der Kaffee wartet!“

Die beiden Ältesten folgten der Aufforderung, der kleine Rudi dagegen war unter den Rock der Mutter gekrochen und rief vergnügt: „Piep – piep!“

„Was soll das, Rudi? – Komm!“

„Die Küken der Schwärzel kriechen auch unter die Mutti. Frau Mahler hat gesagt, Kinderchen können zu ihrer Mutti gehen und unterkriechen. – Mutti, wir spielen jetzt Schwärzel!“

Pucki zog den kleinen Burschen unter ihrem Rock hervor und sagte ärgerlich: „Setz dich hin!“

„Mutti, ich muss dir ganz schnell noch was zeigen!“

Er warf sich auf den Kiesweg, griff mit den Händchen den Kies, warf ihn über sich und strampelte mit den Beinen.

„Rudi!“, rief Pucki entsetzt. „Was soll der Unfug?“

„Guck, Mutti, so macht die Schwärzel!“, schrie Peter und lag im nächsten Augenblick neben dem Bruder auf dem Kiesweg. „Pass auf, Mutti, so macht sie! Sie nimmt ein Staubbad, sagt Frau Mahler.“ – Peter legte sich ein wenig auf die Seite, streckte das eine Bein steif von sich und stieß dabei schnurrende Töne aus. Dann schlug er mit einem Arm wie die Henne mit dem Flügel und wühlte mit den Füßen den Kies derart auf, dass Steine und Staub hoch aufwirbelten.

„Peter! Sofort aufstehen!“

„Mutti, genau so macht's die Schwärzel“, sagte Karl voller Bewunderung. „Es war sehr ulkig. Dann ruft sie: ‚Putt, putt, putt‘ und alle kleinen Küken sind wieder unter ihren Federn.“

„Ich werde euch was mit ‚putt, putt‘!“

Peter und Rudi erhoben sich und lachten vor Vergnügen.

„Au fein, jetzt spielen wir Schwärzel!“ Dabei wollten sie wieder unter den Rock der Mutter flüchten.

„Nun ist's aber genug“, klang es streng. „Wie seht ihr aus!“

„Das macht nichts, sagt Frau Mahler.“

„Sofort ins Haus, die Hände sauber waschen, aber schnell! Dann kommt ihr gleich wieder hierher!“

„Und dann spielen wir Schwärzel! – Die Schwärzel ist ein gutes Mütterchen, sagt Frau Mahler.“

Gebieterisch wies die Mutter mit ausgestrecktem Arm nach dem Haus. Die beiden Jüngsten eilten davon; sie wussten, nun hatte es mit der Geduld der Mutter ein Ende.

„Mutti, sie hat wirklich genau so im Staub gebadet, wie es der Peter machte“, sagte Karl wichtig. „Sie muss das machen und freut sich darüber. Mutti, kann sie denn alle ihre kleinen Kinderchen behüten? Da muss sie aber furchtbar aufpassen.“

„Das tut sie auch, Karl.“

„Zehn Kinderchen ist aber furchtbar viel, Mutti. Wenn eins fortläuft, muss sie hinterher, und dann hat sie schon wieder Angst, dass ein anderes weg ist. – Mutti, ich weiß, dass man auf Kinderchen gut aufpassen muss. Sie muss ein kluges Hühnermütterchen sein.“

„Kleine Küken folgen dem Ruf ihrer Mutter sofort.“

„Frau Mahler hat uns gesagt, eine Henne ist eine besonders gute Mutter, genauso gut wie du, Mutti. Du bist auch ein Mütterchen. Oh, es ist schön, dass alle Küken so ein liebes Mütterchen haben. – Mutti, du musst nachher mal mitkommen."

„Sobald wir Kaffee getrunken haben, gehe ich mit."

Kurz darauf kamen die beiden anderen Knaben zurück und streckten der Mutter die gewaschenen Händchen entgegen.

„Krrrr, hat sie plötzlich geschrien", meinte Peter und wiederholte aus Leibeskräften: „Krrr, krrr! – Das bedeutet eine Gefahr."

„Ja, Peter, es ist der Warnungsruf" , erklärte die Mutter.

„Mutti, bitte, spiele mit uns nachher Schwärzel!"

„Wie soll ich das denn machen?"

„Du rufst, dann kommen wir zu dir. Dann schmeißt du uns Bonbons auf die Erde und wir picken sie auf. – Dann kriechen wir unter deinen Rock, stecken die Köpfe heraus und dann gehen wir zusammen durch den Garten. – Mutti, bitte, spiele doch mit uns Schwärzel!"

„Unter meinem Rock werdet ihr drei keinen Platz haben. Außerdem hat die Mutti nachher anderes zu tun. Ihr könnt allein Schwärzel spielen. Dort drüben der Busch ist die Gluckhenne, unter den könnt ihr kriechen."

Schallend lachten die drei auf. „Mutti, die Schwärzel ist doch schwarz und der Busch ist grün! – Der Busch kann uns auch nicht rufen und nicht mit uns herumlaufen."

„Von dem kriegen wir auch keine Bonbons", sagte Peter. „Ach nein, ich will lieber mit dir Schwärzel spielen!"

Plötzlich stieß Karl ein lautes „Krrrr" aus. Er hatte gesehen, wie Peter schon zum vierten Mal in die Zuckerdose langte und auch den Blick der Mutter aufgefangen; nun ließ er einen Warnungsruf hören. Peter zog rasch die Hände zurück.

„Ich wollte ja nur einmal nachsehen, ob noch Zucker drin ist“, entschuldigte sich Peter. „Und weil noch tausend Stück da sind, wollte ich eines der Schwärzel mitnehmen für ihre tausend Kinderchen!“

„Zehn Kinderchen hat sie nur“, verbesserte Karl den Bruder.

„Nein, tausend!“

„Peter“, mahnte die Mutter, „du weißt genau, dass es nur zehn sind. Du sollst nicht immer so übertreiben. Das hat dir die Mutti schon oft verboten.“

„Ich habe doch tausend gezählt.“

„Krrr!“, rief Karl.

„Na, meinetwegen, hundertsieben“, gab Peter klein bei. »Mutti, aber nachher spielst du mit uns Schwärzel, ja?“

„Ihr dürft nachher wieder zu den Hühnern gehen; erst heute Abend spielt die Mutti mit euch.“

Nach dem Kaffeetrinken liefen die drei Knaben wieder in den Hof. Die Schwärzel saß im Stall und keines der Küken war zu sehen. Sie hielt die Flügel weit gespreizt; die Küken schliefen unter der Glucke.

„Kann ich sie mal mit ‘nem Stock ein bisschen kitzeln?“, fragte Peter. Da schlug Karl den Bruder kräftig auf die ausgestreckte Hand. „Du – uns kitzelt auch keiner im Schlaf. Die Schwärzel würde Angst bekommen. Wir wollen die Kinderchen schlafen lassen.“

„Rudi möchte gern Schwärzel spielen!“

„Wir kriechen unter Muttis Rock, der oben im Schrank hängt! – Die Mutti hat auch einen Rock, der so weit ist wie die Federn der Schwärzel! – Au fein, wir spielen oben Schwärzel!“

Dieser Vorschlag fand allgemeine Zustimmung. – Der weite, schwarze Rock, den die Mutti neulich getragen hatte, war von den Kindern mit der größten Aufmerksamkeit betrachtet worden. Pucki hatte den Rock mit den vielen kleinen Falten vor den Knaben weit auseinandergezogen. Unter diesen Rock konnte man fein kriechen und Schwärzel spielen. Eigentlich durften sie nicht an Muttis Kleiderschrank gehen, aber die Lust zu ihrem Spiel war so groß, dass sie sich um das Verbot nicht kümmerten.

Im Schrank hing der Rock mit den vielen kleinen Falten. Rudi kroch sofort hinein und setzte sich darunter. Peter stieg ihm nach in den Schrank, aber für Karl war kein Platz mehr. Die beiden Jüngsten piepsten laut.

„Du bist das ungezogene Puttchen, das nicht zur Mutti kommt", jauchzte Rudi. „Putt, putt, putt, Hühnchen, komm zur Mutti."

Die beiden Knaben wickelten sich in den plissierten Rock und piepsten so kräftig, dass Frau Gregor, die im Wohnzimmer saß, aufmerksam wurde. Sie öffnete die Tür und sah Karl, der im Zimmer umherhüpfte; dann erkannte sie in dem weit geöffneten Kleiderschrank die beiden anderen Knaben, die ihr zujubelten:

„Mutti, wir spielen Schwärzel! Guck doch – ist das nicht schön?"

„Mein schönes Kleid!", rief Pucki ärgerlich. „Kinder, sofort aus dem Schrank!"

Peter schüttelte energisch den Kopf, mit dem er unter dem Rock hervorschaute. „Nein, Mutti, deine kleinen Kinderchen sind jetzt müde und müssen schlafen. – Ein gutes Mütterchen lässt seine Kinderchen schlafen."

Pucki hob Peter, dann Rudi heraus und schloss den Kleiderschrank ab.

„Krrr – krrr!", machte Peter und zog sich in die entfernteste Zimmerecke zurück.

„Jetzt werden wir einmal Schwärzel spielen", sagte Pucki böse. „Ein gutes Hühnermütterchen bestraft die unartigen

Küken. Das kann euch nichts schaden." Und schon bekam jeder einen leichten Klaps.

Peter fand, dass es dieses Mal noch recht glimpflich abgegangen war.

„Muttilein, wenn es doch ein so schönes Spiel ist! Du bist doch unser liebes Schwärzel-Mütterchen."

„Du bist unsere Mutti", schrie Rudi.

„Du bist unser Mütterchen", sagte Karl, „auch wenn du uns einen Klaps gegeben hast. – Frau Mahler sagte, Mütterchen ist ein ebenso schönes Wort wie Mutti, und Mütterchen gefällt mir furchtbar gut. – Weißt du, Mutti, wenn ich dich mal sehr, sehr lieb habe, sage ich Mütterchen zu dir."

„Wenn der Vati dich sehr lieb hat, sagt er Pucki zu dir oder Puckilein. – Mutti, wir haben dich so sehr lieb, denn du bist unsere Schwärzel und musst uns jetzt was zum Picken bringen."

„Mütterlein ..."

„Schwärzel-Mütterlein – pick – pick! Die kleinen Hühnerchen finden gar nichts zum Fressen und haben doch einen so großen Hunger."

„Sieh mal, Mütterchen, das eine kleine Kindchen der Schwärzel fällt schon vor Hunger um." Dabei warf sich Peter auf die Erde. „Piep, piep, Schwärzel – so einen Hunger!"

Rudi suchte schon wieder Zuflucht unter Puckis schwarzem Rock. „Piepchen hat auch so großen Hunger!"

„Mutti", sagte Karl, „hast du vergessen, dass im Esszimmer in der Schale noch Schokolade liegt? Lass uns mal nachsehen, ob sie noch da ist!"

„Piepchen verhungert", rief Peter. Und als die Mutter noch immer keine Anstalten machte, den am Boden Liegenden zu Hilfe zu kommen, sagte Peter mit tiefer Stimme wie der Vater: „Pucki, meine liebe Frau, könnten wir unseren armen Kindern nicht Schokolade geben?"

Da musste die Mutter lachen. „Putt-putt-putt“, rief sie und ging zur Tür. Sofort war sie von ihren drei Jungen umringt.

„Alle Putthühnchen kommen zum Mütterchen, wenn sie ruft!“, sagte Karl.

„Eigentlich habt ihr nichts verdient!“

Pucki betrat das Esszimmer.

„Piep – piep – piep“, riefen alle drei im Chor. Die Knaben schlugen mit den Armen und drängten sich dicht an die Mutter heran.

„Ein Mütterlein lässt ihre Kinder nie hungern“, sagte Karl wichtig.

Da bekamen alle drei ein Stückchen Schokolade.

„Oh, Mütterlein“, sagte Peter, „jetzt bist du wirklich eine gute Schwärzel!“

„Nein, ein Mütterlein bist du“, rief Karl.

Beim Abendessen wusste Claus bereits von dem heutigen Kinderspiel. Erst hatte er unwillig aufgeblickt, als Karl zärtlich zur Mutter „Schwärzel-Mütterlein“ sagte. Seine Frau warf ihm aber einen raschen Blick zu, denn sie wusste ja, dass nur kindliche Zärtlichkeit und Liebe diese Anrede geprägt hatte und dass es über kurz oder lang wieder Mutti heißen würde. Darum wurden die Knaben wegen dieser neuen Anrede auch nicht gescholten.

Später, als Pucki ihre drei Jungen zu Bett brachte, wurde sie von jedem stürmisch umhalst. Zärtlich klang es an ihr Ohr:

„Gute Nacht, Mütterchen!“

ONKEL DOKTOR

„Ach, Mutti – bist du fein glatt!“, sagte Rudi und seine Hände strichen über das dunkelblaue Seidenkleid, das Pucki angezogen hatte, denn Doktor Gregor war mit seiner Gattin zur Einweihung eines neu errichteten Waisenhauses in Rahnsburg gebeten worden. Verschiedene Unglücksfälle hatten in letzter Zeit mehreren Kindern die Eltern genommen und so erschien es der Stadtverwaltung immer dringender notwendig, ein neues Waisenhaus zu errichten, zumal Herr Wallner im vorigen Jahr der Stadt einen größeren Geldbetrag für wohltätige Zwecke gespendet hatte. Seine Frau, die schwer erkrankt war, hatte in der Klinik von Doktor Gregor gelegen, aber der Arzt gab wenig Hoffnung, die Kranke am Leben zu erhalten. Da versicherte Herr Wallner, er werde Herrn Doktor Gregor aus Freude einen größeren Betrag schenken, wenn er seine Frau wieder gesund machte. Das gelang dem Arzt tatsächlich, aber Claus lehnte den Geldbetrag dankend ab und veranlasste Herrn Wallner, das Geld der Stadt zu überweisen, da man sich mit dem Plan trug, ein Waisenhaus zu errichten.

Nun stand der Bau fertig da. Sechzehn elternlose Kinder waren bereits angemeldet und eine Leiterin bestellt. Nun sollte heute die Einweihung erfolgen.

„Werdet ihr auch artig sein und der guten Emilie folgen, während wir fort sind? In einer Stunde sind wir zurück, dann gibt es Mittagessen. Verderbt den Eltern den Sonntag nicht. Wenn ich keine Klagen höre, machen wir heute Nachmittag einen schönen Spaziergang.“

„Wenn du nur ein bisschen klagen hörst, Mutti – gehen wir dann auch spazieren?", fragte Peter.

„Nein, mein lieber Junge, ich will ganz artige Kinder haben."

„Wenn wir aber ..."

Karl stieß den Bruder in die Seite und flüsterte ihm zu: „Sei still! Ich habe noch ein Bonbon, das schenke ich der Emilie, dann sagt sie nichts."

So machten sich Pucki und Doktor Gregor auf den Weg. Noch einmal ermahnte die Mutter die Kinder, auch in der Klinik keine Unarten zu treiben und, falls sie hingingen, recht leise zu sein, weil zwei Schwerkranke eingeliefert worden waren. Claus konnte die Klinik ruhig für Stunden verlassen, denn dort war seit mehr als zwei Jahren Doktor Eck mit ihm tätig, ein Arzt, der sein volles Vertrauen genoss und auf den er sich verlassen konnte.

Doktor Eck wurde von den Knaben sehr geliebt. Sie konnten mit ihm manchen Spaß machen und er wusste immer etwas Drolliges zu erzählen. So beschlossen die drei, ihn auch heute wieder aufzusuchen, um ihm den üblichen Sonntagsgruß zu bringen.

Erst gingen sie in die Küche zu Emilie. Die war mit dem Kochen beschäftigt.

„Du kannst uns jetzt nicht brauchen", sagte Karl wichtig. „Da wir heute artig sein sollen, gehen wir hinüber zum Onkel Doktor und zu Tante Waltraut."

„Aber nicht lärmen! – Noch eins, Karlchen: Laufe mal schnell in den Garten und pflücke ein Sträußchen Petersilie ab. Nicht viel! Das bringst du mir her."

Freudig stürmten die drei Knaben davon, denn in den Garten gingen sie gar zu gern. Aber noch viel schöner war es, wenn Herr Mahler nicht anwesend war, denn der passte genau auf, dass nichts zertreten wurde. Herr Mahler hatte die Eltern soeben mit dem Auto fortgefahren.

Seit Doktor Gregor das Mahlersche Ehepaar angestellt hatte, war auch der Gemüsegarten erheblich vergrößert worden. Pucki hielt das für dringend notwendig, da man in der Klinik viel Gemüse und auch Obst brauchte. Nun sorgte Herr Mahler dafür, dass alles gut instand war. Ein Teil jener Wiese, die einstmals dem Nachbarn Dreffensteg gehört hatte, war als Gemüsegarten hergerichtet worden. Ein Bach, der ihn durchfloss, grenzte den Garten ab. Ein Drahtzaun war darum errichtet, damit die Mitschüler, die sich oft bei den Gregorschen Kindern einstellten, nicht ohne Weiteres im Gemüsegarten umhertollen konnten. Auf der Wiese waren Obstbäume gepflanzt worden, dort durften die Kinder spielen.

Karlchen ging sogleich hin zu dem Beet mit der Petersilie, um sie zu pflücken. Rudi half ihm dabei. Peter dagegen schlich weiter: Dort drüben lockten die Erdbeerbeete. Es war ihm zwar streng verboten worden, die Früchte abzupflücken. Nur die Pflanzen, die an den Beetecken standen, waren den Kindern freigegeben worden. Da aber diese Pflanzen längst abgeerntet waren, pflückte Peter rasch einige große Beeren von anderen Stauden ab und ließ sie im Mund verschwinden. Scheu blickte er sich nach dem älteren Bruder um, denn er wusste ganz genau, dass Karl ihn ausschimpfen würde.

Die Erdbeeren schmeckten aber auch zu prächtig! Für Peter gab es kein Halten mehr. Da hörte er Karls Stimme: „Peter, wo bist du? – Nimmst du schon wieder Erdbeeren fort?“

In wenigen Minuten würde Karl herkommen, das wusste Peter. Da grub er hastig mit beiden Händen eine reich tragende Staude in der Mitte des Beetes aus, riss die Pflanze, die an der Beetecke stand, aus der Erde und pflanzte dafür rasch die andere ein. Mit dem unschuldigsten Gesicht empfing er die herankommenden Brüder. „Du sollst doch keine Erdbeeren nehmen!“, schalt ihn Karl aus.

„Immer nur von der Ecke! – Es hängt noch viel dran." Peter riss eine Beere ab, zog aber dabei die lose Pflanze ganz mit aus dem Erdreich.

„Peter, du bist ein unartiger Junge", rief Karl, „du hast eine Pflanze ausgerissen. Da haste eins!" Damit versetzte er dem jüngeren Bruder einen kräftigen Schlag auf die Wange. „Mutti hat es verboten, schäme dich! Pfui, schäme dich! – Das ist gestohlen! – Jetzt kommst du mit! – Ach, die arme Pflanze!"

Sorgfältig versuchte Karl, die herausgerissene Pflanze wieder einzusetzen. Dabei schalt er weiter: „Nein, so ein dummer Junge! Warte nur! Oder meinst du, Herr Mahler sieht das nicht? Der hat die Erdbeeren gezählt! Na, dir wird es heute noch schlecht gehen!"

Peter fühlte sich schuldig. Außerdem tat ihm das Gesicht weh. Tapfer verbiss er sich die aufsteigenden Tränen, denn er sah ein, dass er wieder einmal unartig gewesen war. – Die Erdbeeren schmeckten aber doch gar zu gut!

Die Petersilie wurde zu Emilie gebracht, aber Peter blieb schuldbewusst an der Küchentür stehen. Wenn der große Bruder auch nichts sagte, Rudi würde den Mund ganz gewiss nicht halten können. Es war wohl am richtigsten, wenn er sich sogleich hinüber in die Klinik begab, um sich vom Onkel Doktor etwas erzählen zu lassen.

Peter machte sich also unbemerkt auf den Weg und klopfte an Doktor Ecks Zimmertür. Als keine Antwort erfolgte, versuchte er, die Tür zu öffnen. Es gelang ihm aber nicht. Nicht nur Doktor Eck, auch der Vater schloss stets die Zimmertüren ab, weil es schon mehrfach vorgekommen war, dass die Knaben unbeobachtet in die Zimmer gegangen waren und dort Dummheiten gemacht hatten.

Auf Zehenspitzen schlich Peter den langen Flur entlang. Vielleicht fand er Tante Waltraut, Muttis Schwester, die als Krankenpflegerin in der Klinik tätig war. Aus einem Zimmer hörte er die Stimme Doktor Ecks. Da wartete er geduldig, bis der Arzt heraustrat. Dann nahm er ihn sogleich bei der Hand und bat:

„Onkel Doktor, komm doch gleich in dein Zimmer und erzähle mir was. Ich habe Langeweile und es ist niemand da."

„Wo sind denn die Brüder geblieben, Peterli?"

„Ach, die sind auch weg."

„Nanu, ihr habt euch wohl gezankt?"

„Ich nicht! – Der Karl hat mit mir gezankt."

„Warte noch ein wenig, mein Junge, ich muss noch nach einem Kranken sehen, dann habe ich ein bisschen Zeit für dich."

Während Peter brav auf einer Bank, die in dem breiten Gang stand, Platz nahm und wartete, machte der Arzt seinen Besuch. Es dauerte aber gar nicht lange, da kamen Karl und Rudi angelaufen.

„Wir müssen warten", sagte Peter, „er ist dort drüben, in dem Zimmer."

Karl setzte sich zu dem Bruder und als Peter an ihn heranrücken wollte, schüttelte er den Kopf. „Erst der Rudi, dann du – du bist heute unartig gewesen, du bist der Letzte."

Peter widersprach nimmt, denn noch drückte ihn sein Gewissen.

Dann kam der Arzt und gemeinsam betraten alle dessen Zimmer. Hier gab es immer etwas Neues zu sehen. Die Kinder waren mit dem Ansehen der seltsamen Dinge bisher noch nicht fertig geworden. – Schade, dass so viele schöne Messer und Scheren hinter den Glasscheiben lagen, die der Onkel Doktor trotz aller Bitten nicht herausgab!

„Onkel Doktor, erzähle uns was", begann Rudi. „Mutti und Vati sind zum weißen Haus gegangen."

„Ich weiß es, Rudi. Sie weihen heute das Waisenhaus ein", erklärte der Arzt.

„Er ist noch zu dumm, Onkel Doktor, er weiß noch nichts vom Waisenhaus. – Ich weiß, was das ist. Ich habe mal einen Sarg gesehen mit einer Frau darin. Da waren noch fünf kleine Kinder, die hatten schon keinen Vater mehr. Da waren die Kinder Waisen und für die ist jetzt das neue Heim gebaut worden. – Sage mal, Onkel Doktor, haben sie es denn gut, wenn sie doch keinen Vater und keine Mutter haben?"

„Aber freilich, Karl, im Waisenhaus werden die armen elternlosen Kinder mit viel Liebe erzogen, weil man ganz genau weiß, dass diese bedauernswerten Kinder viel Liebe brauchen. Die Oberin jedes Waisenhauses sorgt dafür, dass die Kinder mit Liebe und Zärtlichkeit erzogen werden."

Karl schüttelte heftig den Kopf. „Sie müssen lernen, artig zu sein. Eine Frau Oberin ist eine strenge Frau, bei der dürfen Kinder nicht machen, was sie wollen. – Haben die Kinder in dem Waisenhaus auch eine Oberin?"

„Das weiß ich nicht, ob die Leiterin eine Frau Oberin ist, oder ob sie nur so angeredet wird, oder ob man nur Frau Vorsteherin zu ihr sagt. Das kann dir die Mutter später sagen."

„Dann will ich den lieben Gott bitten, dass die Frau keine Oberin ist, damit es die armen Kinder gut haben."

„Warum sollten sie es denn schlecht haben, Karlchen?"

„Onkel Doktor, du weißt doch! Die Frau mit der Brille, die uns alles verboten hat, war doch auch eine Oberin."

„Das war doch eine liebe und nette Frau", meinte der Arzt.

„Nein, Onkel Doktor, das war sie nicht. – ‚Bitte' mussten wir immer sagen, und dummes Zeug hat sie mit uns gespielt. Schwere Gedichte habe ich lernen müssen ..."

„Ja, Karlchen, das weiß ich noch ganz genau. Wir Erwachsenen fanden das sehr schön und haben über das Gedicht vor Freude sehr gelacht. Rudi – Bengel, was machst du da?"

Rudi war auf den Stuhl vor dem Schreibtisch gestiegen, kniete auf der Schreibtischplatte und stülpte einen eisernen Fingerhut, der dort stand, auf seinen Daumen.

„Muttis Fingerhut! – Onkel Doktor, hast du ihn ihr weggenommen?“

„Stell sofort den Fingerhut wieder an seinen Platz“, befahl der Arzt ernst, „das ist für mich ein heiliges Andenken, das andere nicht anrühren dürfen.“

Peter lachte schallend auf. „Onkel Doktor, so ein oller Fingerhut! Wir dürfen Muttis Fingerhut immer aufsetzen und zwei Stück habe ich ihr schon verschmissen!“

„Das hier ist ein ganz besonderer Fingerhut, Peter, ein sehr wertvoller Fingerhut.“

„Nein, Onkel Doktor“, sagte Karl altklug, „das ist ganz bestimmt ein oller Fingerhut, der ist nur aus Eisen. Mutti hat auch mal ihren Fingerhut verloren, auch so einen. Dann hat sie sich einen neuen gekauft, der kostete nur zehn Pfennig. – Du brauchst also keine Angst zu haben, Onkel Doktor.“

„Mein lieber Junge, dieser Fingerhut ist das wertvollste Stück, das der Onkel Doktor in seinem Zimmer hat. An diesen Fingerhut knüpft sich eine lange, schöne Geschichte.“

Sofort war er von den drei Knaben umringt. „Erzähle uns die lange, schöne Geschichte, Onkel Doktor! Du kannst so lustige Geschichten erzählen.“

„Das ist aber keine lustige, sondern eine ernste Geschichte.“

Peter klopfte sich auf die Magengegend. „Fein – ernste Geschichten höre ich furchtbar gern. – Nun erzähle!“

Im nächsten Augenblick saßen die drei Knaben nebeneinander auf der geschnitzten Holzbank im Zimmer des Arztes.

Doktor Eck ließ sich am Schreibtisch nieder, stülpte den Fingerhut auf den kleinen Finger der rechten Hand und betrachtete ihn ein Weilchen mit zärtlichen Blicken. Dann begann er:

„Das ist der Fingerhut meiner Mutter, die nun schon viele Jahre tot ist. Mit diesem Fingerhut hat es meine Mutter fertiggebracht, ihren Sohn zu einem Arzt zu machen. Ihr Sohn, das bin nämlich ich, wollte gar zu gern ein Doktor werden, aber mein Vater war gestorben und da wurde das Geld immer weniger, denn es war kein Verdiener mehr da. Die gute Mutter erkannte, dass ich klug genug für den Beruf eines Arztes war. Da fing sie an, für Geschäfte zu nähen. Tag und Nacht hat sie gearbeitet, die Finger hat sie sich zerstochen, müde und matt ist sie geworden. Wie oft habe ich sie gebeten, die anstrengende Arbeit zu unterlassen, ich wollte dann lieber in einem anderen Beruf glücklich werden. Aber sie sagte, es würde auch für sie ein großes Glück sein, wenn aus mir ein tüchtiger Arzt würde. So hat sie genäht, für mich genäht und hat sich nichts gegönnt. Alles gab sie für ihren Sohn her. Ich habe ihr versprochen, ich würde ihr mein Leben lang ihre große Liebe vergelten. Nun kann ich das nicht mehr tun – sie ist gestorben. Aber ihren Fingerhut, mit dem sie mich dazu gemacht hat, was ich heute bin, halte ich heilig. – Versteht ihr das, Kinder? Wenn ich den Fingerhut sehe, so denke ich daran, dass eine Mutter alles, aber auch alles opferte: Zeit, Gesundheit, nur um ihren Jungen glücklich zu machen. Wenn ich den Fingerhut betrachte, sehe ich die geliebte Mutter vor mir. Darum dulde ich es nicht, dass ihr mit diesem Fingerhut spielt. – Nun wisst ihr, warum er mir das Liebste und Teuerste ist, was ich im Zimmer habe."

Einen Augenblick lang schwiegen die Knaben. Sie dachten an ihre eigene Mutter, die auch so oft mit einem Fingerhut auf dem Finger nähte. Bald war es ein Anzug, bald stopfte sie Strümpfe. Schließlich sagte Karl leise:

„Wir haben auch so eine gute Mutti, wir haben sogar ein gutes Mütterchen."

„Ja, Kinder, ihr habt auch solch eine liebe Mutter, die alles opfern würde, die euch Freuden bereitet, wo sie nur kann. Dafür müsst ihr dankbar sein, das dürft ihr niemals vergessen."

„Ich werde mir auch ihren Fingerhut holen und immer daran denken, was sie für uns tut", sagte Karl nachdenklich.

„Das ist ja gerade nicht nötig", meinte der Arzt. „Eure Mutter ist tagaus, tagein um euch, da braucht ihr den Fingerhut nicht. Zeigt ihr nur durch Artigkeit eure Liebe, dann ist sie zufrieden und glücklich."

Peter bekam einen roten Kopf. Er dachte an die Erdbeeren. Außerdem hatte ihn der Onkel Doktor eben gar so lange angesehen. Kannte er sein Unrecht?

„Die Geschichte war schön", sagte Karl. „Hier hast du was." Er nahm aus seiner Tasche ein Bonbon und reichte es Doktor Eck.

„Danke vielmals – lutsche dein Bonbon nur allein."

„Gib es mir", bat Rudi, und er bekam es auch.

„Erzähle noch mehr von deiner Mutti, die immerfort nähte", bat Peter. „Sie war wohl sehr lieb und hat dich niemals gehauen?"

„Oh doch, mein Junge, ich habe so manche Tracht Prügel bekommen, auch vom Vater."

„Erzähle mal, wie das war!"

„Wenn ich Prügel verdient hatte, bekam ich sie eben."

„Erzähle doch mal, wie du sie verdient hast", bat Rudi.

„Schön! – Einmal war ich mit meinem Vater zur Post gegangen. Er stand am Schalter, ich blieb an der Tür stehen. Da kam eine Frau herein, die hatte viele Pakete und konnte nicht recht durch die Tür hindurch. Jedes Mal, wenn sie die Tür aufstieß und schnell nach einem Paket griff, um durchzukommen, schlug die Tür wieder vor ihr zu. Das machte mir furchtbaren Spaß. Ganz heimlich habe ich der Tür noch einen Puff gegeben, damit sie schneller wieder zufiel. So hat sich die arme Frau gequält und brachte nur mühsam ein Paket nach dem anderen in den Schalterraum und ich habe darüber gelacht. Dass mein Vater mich beobachtete, wusste ich nicht, denn es standen mehrere Leute am Schalter. Auf einmal, als ich gerade wieder der Tür einen Puff gab, war mein Vater neben mir, packte mich, legte mich über sein Knie, und dann hat er mir im Postamt vor allen Menschen mächtig was draufgegeben. Sogar der Schalterbeamte hat zugesehen. Der kannte mich, denn der Vater hat mich oft zur Post geschickt, um Sachen abzuholen. – Nun bekam ich Prügel. Für jedes Paket, das die Frau mühsam hereingebracht hatte, bekam ich einen Schlag."

„Schrecklich!", sagte Karlchen mit weit geöffneten Augen.

„Freilich war es schrecklich", lachte Doktor Eck, „aber verdient hatte ich die Schläge. Statt der alten Frau behilflich zu sein und die Tür aufzuhalten, damit sie leichter hereinkommen konnte, stieß ich die Tür zu."

„Schön war das nicht, Onkel Doktor."

„Böse war es. Aber die Prügel haben geholfen!"

„Hat dein Vater noch was gesagt?"

„Freilich, bei jedem Schlag hat er etwas gesagt."

„Was hat er denn gesagt?"

„Du bist dazu da, mein Junge, alten Leuten nach Kräften zu helfen. Du hast nicht danebenzustehen und zuzugucken, wenn ein anderer sich quält! Immer helfen! Merke dir das für die Zukunft. – Zuspringen! Mit anfassen! – So, nun wirst du das fürs Leben behalten."

„Hast du dir das alles wirklich so genau gemerkt? Ganz genau, was dein Vati gesagt hat?", fragte Peter ängstlich.

„Ganz genau so hat er gesagt, denn jedes Wort hat er mir hinten aufgeschrieben."

„Machst du darum auch jetzt noch den Leuten die Tür auf, Onkel Doktor?", fragte Karl. „Gestern hast du auch einer Frau die Tür aufgemacht. Da hast du sicher an den Vater gedacht, der gesagt hat: Zuspringen! Anfassen! Nicht wahr, das vergisst du nie mehr?“

„Nein, mein Junge, das vergesse ich nie mehr!“

„Hat dich der Beamte noch ausgelacht?“

„Ich habe mich furchtbar geschämt, am anderen Tag zum Schalter zu gehen. Aber ich musste es tun. Freilich hat mich der Beamte ausgelacht, und das geschah mir recht.“

„Ach ja, das war schrecklich. Und nun bist du doch so ein lieber Mensch geworden.“

„Vielleicht gerade deswegen, Peterli. Die Eltern wissen schon, wann ihre Kinder Schläge verdienen. Wenn ein Kind ein Unrecht begangen hat, muss es auch einmal Schläge bekommen.“

Peter machte ein ängstliches Gesicht und legte beide Hände auf die Verlängerung seines Rückens. Wenn die Eltern nur nicht hörten, dass er von den verbotenen Erdbeeren gegessen hatte!

Der Arzt streifte den kleinen Sünder mit einem raschen Blick. „Na, Peterli, es will mir scheinen, als sei bei dir nicht alles in Ordnung. Hast wohl was ausgefressen?“

„Erdbeeren hat er gegessen und er durfte es nicht“, erklärte Karl.

„Schlimm, sehr schlimm, Peterli. Was wird die Mutti dazu sagen?“

„Ich habe nur eine gegessen“, entschuldigte er sich.

„Die ganze Pflanze hast du ausgerissen und viele Beeren gegessen!“

„Sie weiß es ja nicht! Und wenn Karl nicht petzt, weiß es keiner.“

„Ich glaube, die Mutti wird es doch merken“, entgegnete der Arzt. „Sie braucht dich nur anzusehen, denn es steht dir auf der Stirn geschrieben, dass du wieder einmal etwas Unrechtes getan hast.“

Hastig legte der kleine Knabe beide Hände an die Stirn. „Was steht denn da?"

„Das wird die Mutti schon lesen können."

„Auf der Stirn?", fragte Rudi und zerrte an den Händen des Bruders. Er wollte sehen, ob dort oben wirklich etwas geschrieben stand.

„Ihr könnt das natürlich nicht sehen", meinte Doktor Eck, „nur die Mutti kann das."

Peter wurde immer ängstlicher. „Ich habe nur eine ganz kleine Erdbeere gegessen, die schon auf der Erde lag – keine andere."

Doktor Eck drohte dem Knaben mit dem Finger. „Du kennst doch die Geschichte von der Lügenbrücke, Peterli?"

„Lügenbrücke? – Erzähle mal!", bat Karl.

„Wenn ein Kind oder ein Erwachsener gelogen hat, darf er nicht über eine Brücke gehen, sonst fällt er ins Wasser. Die Brücke bricht zusammen, und plumps – liegt er unten!"

Peter lachte übermütig. „Ist ja nicht wahr, Onkel Doktor! – Ich habe mal der Emilie so viel vorgeschwindelt und dann hat sie mich zum Einkaufen mitgenommen. Da sind wir auch über die große Brücke gegangen und ich bin nicht ins Wasser gefallen. Die Brücke ist auch nicht kaputtgegangen."

„Es sind auch nicht alle Brücken Lügenbrücken, Peterli, nur einige. Auf jeden Fall muss man sich sehr vorsehen, wenn man über eine Brücke geht. Wenn der Betreffende gerade die Unwahrheit gesagt hat, tut er gut daran, sein Unrecht einzugestehen, ehe er die Brücke betritt, sonst fällt er hinein."

„Onkel Doktor, bei uns auf der Wiese hat der Vati über den Bach eine Brücke gelegt, ein ganz dickes Brett. Neulich ist die Frau Mahler darübergerannt, da ist das Brett abgerutscht und sie fiel ins Wasser. Das ist also eine Lügenbrücke."

Peter machte schon wieder ängstliche Augen. „Ist das wirklich eine Lügenbrücke?"

„Wird schon so sein", meinte der Arzt. „Also, Peterli, hüte in Zukunft deine Zunge und betrübe die Mutti nicht."

„Rudi betrübt seine Mutti nicht", sagte dieser weinerlich. „Ich habe eine so liebe Mutti."

„Ja, Rudi, du hast eine sehr liebe Mutti."

In diesem Augenblick klopfte es an die Zimmertür. Eine Pflegerin trat ein. „Herr Doktor, der Patient von Nummer 4 verlangt nach Ihnen."

„Ich komme sofort."

Wie aus der Pistole geschossen, stürzten Karl und Peter zur Tür und schlugen sie mit lautem Krachen zu.

„Jungen, was fällt euch ein, so einen Krach zu machen!"

„Anpacken – zugreifen – immer helfen, Onkel Doktor! Das hast du doch erzählt und wir haben es uns gemerkt. Die Schwester hatte ein Bündel unter dem Arm. Da haben wir ihr schnell die Tür zugemacht."

„Aber immer leise die Türen schließen, Kinder, ihr seid hier in einem Haus, in dem Kranke liegen. Habt ihr das schon wieder vergessen? – Und nun lauft hinaus in den Garten, Onkel Eck hat keine Zeit mehr für euch."

Folgsam gingen die Knaben davon. Karl begab sich nicht in den Garten, er eilte in das Wohnzimmer und suchte in Mutters Nähkorb so lange herum, bis er ihren Fingerhut gefunden hatte. Dann trug er ihn hinüber ins Kinderzimmer und verwahrte ihn in seinem Federkasten. „Weil du immer so viel für uns nähst, Mütterchen, ist das nun mein Fingerhut, den darf mir keiner fortnehmen."

Peter stand indessen im Garten und rieb mit einem Büschel Gras seine Stirn ab. Er hatte Angst; freilich, an die Schrift auf der Stirn glaubte er nicht, aber etwas Wahres musste doch wohl an den Worten des Onkel Doktors sein. Erst gestern, als er von der Marmelade genascht hatte, schaute ihn die Mutter lange und durchdringend an und sagte dann: „Peter, du hast Marmelade genascht."

Ob das auf seiner Stirn gestanden hatte?

Die kleine Einweihungsfeier des Waisenhauses war bald vorüber und die Eltern kehrten heim. Emilie hatte unterdessen das Mittagessen fertiggestellt und wartete darauf, es auftragen zu können.

„Wer war heute unartig?", fragte die Mutter, als sie sich alle am Tisch niedergesetzt hatten.

Karl wandte schweigend den Kopf zu Peter, sagte jedoch nichts.

„Peter, wie siehst du denn aus? – Was hast du an der Stirn?“

Die Spuren des Grases waren deutlich sichtbar. Der Knabe wurde dunkelrot.

„Aha“, sagte der Vater, „der hat ein schlechtes Gewissen.“

Karl hielt es für seine Pflicht, dem bedrängten Bruder zu Hilfe zu kommen. Zwar sah er keine Schrift auf der Stirn des Bruders, aber die Mutti würde sicherlich bald herausbekommen, was Peter getan hatte. „Mutti, habt ihr das neue Haus eingefeiert?“, fragte er schnell. „Sag mal, Mutti, kriegen die Kinder, die darin sind, eine Frau Oberin?“

„Ja, Karl, die bekommen eine Oberin und mehrere junge Pflegerinnen.“

„Ach, die armen Kinder!“

„Aber Karlchen – die Kinder sind wirklich nicht zu bedauern. Sie kommen wieder in eine gute Obhut und werden gut versorgt. Jeder versucht, ihnen Liebes und Gutes zu erweisen.“

„Wenn sie eine Oberin haben ...“

Da fing Doktor Gregor an zu lachen. Flüsternd wandte er sich an seine Frau: „Die Kinder denken immer noch mit Schrecken an die Frau Oberin.“

„Aber Claus!“, Pucki stieß den Gatten heimlich an. „Du weißt doch, dass es die Oberin sehr gut mit unseren Kindern gemeint hat und uns manchen Dienst leistete.“

„Ja, ja, Pucki, aber du siehst auch die Folgen bis auf den heutigen Tag. Zwei Jahre sind nun schon darüber vergangen, und noch immer ist die Zeit ihres Hierseins nicht vergessen.“

„Die Oberin im neuen Waisenhaus“, wandte sich Pucki an ihre Kinder, „ist eine sehr gute und liebe Frau. Ihr könnt einmal hingehen und sie besuchen.“

„Nein, liebe Mutti, ich gehe nicht hin“, unterbrach sie Karl.

„Sie kann sehr fröhlich lachen und scherzen. Die Kinder haben sie schon am ersten Tag lieb gewonnen."

In diesem Augenblick betrat Emilie das Zimmer und trug ein Tablett in Händen, auf dem die Schüsseln mit Fleisch, Gemüse und Kartoffeln standen. Karl und Peter schoben die Stühle zurück, sprangen auf, liefen Emilie entgegen und rissen die Tür weit auf.

„Jungen, was fällt euch ein? Beinahe wäre mir das Tablett aus den Händen gefallen!", schalt Emilie böse.

„Was ist das wieder für ein Betragen?", tadelte der Vater. „Warum springt ihr wie die Wilden vom Tisch auf? – Sitzen geblieben!"

„Vati – der Vater vom Onkel Doktor Eck hat gesagt: ‚Immer helfen, zuspringen!' – Und jetzt willst du nicht, dass wir zuspringen?"

„Was ist los?", fragte der Vater.

Da berichtete Karl, so gut er konnte, was ihnen Doktor Eck erzählt hatte. Emilie meinte aber, in Zukunft sollten die Knaben so etwas lieber bleiben lassen, für sie wäre es leichter, wenn sie selbst die Tür öffnete.

„Sage mal, Peterli", fragte die besorgte Mutter, „fehlt dir etwas?"

„Nein – mir fehlt gar nichts..."

„Oder bist du gefallen? – Was hast du denn für grüne Striche an der Stirn, Peterli?"

Der Knabe schluckte an den aufsteigenden Tränen, denn jetzt war er fest davon überzeugt, dass die Mutti bereits alles wusste. Am liebsten wäre er ihr um den Hals gefallen, aber er traute sich nicht.

Das Essen wollte ihm heute nicht schmecken. Er war deshalb froh, als sich alle endlich vom Tisch erhoben. Eilig wollte er das Zimmer verlassen, da rief ihn die Mutter zurück. – Nun blieben auch Karl und Rudi stehen. Gar zu gern wollten sie wissen, was die Mutter von des Bruders Stirn lesen würde.

„Euch habe ich nicht gerufen", sagte Pucki, „ihr geht hinaus." Sie wusste, dass Peter ihr wieder einmal etwas zu beichten hatte. Das brauchten seine Brüder nicht zu hören.

„So, Peter", sagte Pucki und hob den Knaben auf den Schoß, „nun sage mir, was dich bedrückt."

Der tippte mit dem Fingerchen auf die Stirn. „Steht es da oben?"

„Ja, Peter, da steht, dass du ein Unrecht begangen hast."

„Mutti – was denn für eins?"

„Du wirst jetzt so viel Mut haben, mir alles selbst zu sagen."

„Ich habe ... ich habe eine ganz kleine Erdbeere abgerissen, ich dachte ... es ist die Erdbeere von der Ecke ... und dann habe ich gesehen, dass es eine andere Beere war."

„Peter, nur eine Erdbeere hast du gegessen?"

Peter wandte den Kopf zur Seite. „Ja, nur eine kleine – die hat nicht mal geschmeckt – die war schon ganz schlecht."

„Peter, wirklich nur eine einzige Erdbeere?"

„Ja – Mutti", stotterte er.

„Auf deiner Stirn steht aber geschrieben, Peter ..."

Da begann er laut zu weinen, schlang beide Arme um den Hals der Mutter und schluchzte: „Wenn du es doch lesen kannst, da weißt du ja, dass ich noch eine und noch eine und noch tausend gegessen habe – und nicht von der Ecke, immer von dort, wo sie schön rot waren."

„Durftest du das?"

Er weinte noch jämmerlicher.

„Peter, du machst die Mutti sehr traurig! Einmal weil du unartig gewesen bist und zum anderen, weil du immer wieder die Unwahrheit sagst. Aus einem Kind, das lügt, wird niemals ein brauchbarer Mensch. Wenn du dir das Lügen nicht abgewöhnst, wird dich kein anderer Mensch leiden mögen, Peter. – Warum machst du mir immer wieder neuen Kummer? Hast du deine Mutti denn gar nicht lieb?"

„Mutti – Mutti", schluchzte der Knabe, „ich habe dich furchtbar lieb! Ich habe dich so lieb, du bist ja mein Mütterchen. Liebe, liebe Mutti, sei doch wieder gut!"

„Peter, ich bin sehr traurig. Du hast mir den heutigen Tag verdorben, denn immerfort muss ich daran denken, dass mein Junge ein kleiner Lügner ist. Das tut der Mutti sehr weh!"

„Mutti – Mutti, mein liebes, liebes Mütterchen ..."

Schmeichelnd wollte er sich erneut an sie schmiegen, da hielt sie ihn zurück. „Du bekommst jetzt keinen Kuss von mir, Peter. Du wirst heute Nachmittag bei Emilie zu Hause bleiben, wenn wir andern einen Spaziergang machen."

„Ja, ich werde allein zu Hause bleiben – weil ich gelogen habe. Aber dann werde ich immer artig sein. – Mutti, ich werde nie mehr lügen, dann gibst du mir tausend Küsse und bist wieder gut." Peter setzte sich still in die Ecke und Pucki hörte noch ein ganzes Weilchen sein bekümmertes Schluchzen.

EIN SCHWARZER KOMMT

Puckis drei Jungen befanden sich in hellster Aufregung. Einer schrie es dem anderen zu, dass in Vaters Klinik ein Schwarzer aus Afrika eingeliefert würde. Tante Waltraut sollte es drüben in der Klinik erzählt haben. Karl versicherte, er hätte es ganz deutlich gehört.

„Hurra, wir bekommen einen Schwarzen!", rief Peter.

„Wir müssen gleich zur Mutti!", schrie Karl.

Auch der kleine Rudi war begeistert: „Rudi will auch einen Schwarzen haben."

Im Sturmschritt liefen sie zur Mutti. „Hurra, ein Schwarzer kommt!", schrie Karl aus Leibeskräften.

„Brüll doch nicht so!", lärmte Peter. „Lass doch die Mutti erzählen. Mutti, warum kommt denn nur ein Schwarzer? Können nicht mehr kommen, damit jeder von uns einen hat?"

„Der Schwarze kommt nicht allein und erst recht nicht zu euch, Peter. Er ist der Diener eines Herrn, der in Vatis Klinik kommt, um sich nach einer Tropenkrankheit bei ihm zu erholen. Onkel Eberhard hat ihm das angeraten. Er lernte Herrn Werner Brandau an Bord eines Afrikadampfers kennen und freundete sich mit ihm an. Damals machte Herr Brandau seine erste Forschungsreise ins Innere Afrikas. Später hat er dann noch mehrere solcher Reisen unternommen und wenn er zurück nach Bremen kam, haben Onkel Eberhard und Herr Brandau sich immer wiedergesehen."

„Den Afrikaforscher wollen wir nicht, der kann meinetwegen auch gleich wieder nach Hause fahren, Mutti. Sag uns lieber, wo hat er den Schwarzen her?"

„Mein lieber Karl, das kann dir der schwarze Mann später selber erzählen."

„Ich habe Angst!", schrie jetzt der kleine Rudi. „Ich will lieber keinen schwarzen Mann hier bei uns haben!"

„Du Angsthase!", schalt Karl. „Mutti, liebes Mütterchen, kann der Schwarze nicht zu uns ins Haus kommen? In der Klinik drüben braucht der Forschermann ihn doch gar nicht. Da sind Schwestern genug, die für ihn sorgen, wenn er etwas haben will. Wir möchten den Schwarzen doch so gern hier haben."

Dann wurde Karl plötzlich nachdenklich und meinte: „Wenn er aus Afrika kommt, kann er uns dann verstehen und mit uns reden?"

„Jawohl, das kann er. Er wird auch nicht in der Klinik wohnen."

„Oh, oh!", schrie Peter. „Er muss in unserem Zimmer schlafen!" Dabei führte er einen wahren Indianertanz auf.

„Ja, fein! Dann erzählt er uns die ganze Nacht von Afrika."

„Und von den Affen und den Gier-affen."

„Aber Kinder! Der Diener von Herrn Brandau wird im Chauffeurzimmer schlafen", erklärte Pucki.

„Dann braucht er gar nicht erst zu kommen", maulte Karl.

„Hör mal, Karl! Wenn ihr unartig seid, dürft ihr überhaupt nicht zu dem Schwarzen."

„Wir sind alle furchtbar artig", versicherten alle drei sogleich mit Nachdruck.

„Erst abwarten! Ich kann mir schon denken, dass ihr den Schwarzen mit Fragen nicht in Ruhe lassen werdet. Aber auch er braucht Ruhe und Erholung. An unser Klima muss er sich außerdem erst gewöhnen. Das ist nicht so einfach."

„Wir werden ihm ein kräftiges Essen kochen. Mutti, koche ihm doch Speise mit Himbeertunke. Darf ich ihm auch meine Speise geben?"

„Nein, Peter, ich bin der Älteste, von mir kriegt er die Speise, damit er sich erholt. Was ist denn Klima, Mutti? Ist das unser Brot?"

Pucki lachte. „Karl, das verstehst du doch schon, wenn ich dir sage, das Herr Brandau krank wurde, weil in Afrika die Hitze viel größer ist als bei uns und alles, was man isst und trinkt, ist anders als hier. Das können wir meist nicht vertragen und werden dann krank. So ging es auch Herrn Brandau."

„Nun versteh ich das mit dem Klima. Wenn der Schwarze zu uns kommt, ist für ihn Luft, Wasser, Essen und Trinken auch anders. Da kann er auch krank werden, nicht wahr?"

„Wenn er meine Speise mit Himbeertunke kriegt, wird er schon gesund bleiben", versicherte Peter.

Karl versetzte dem Bruder einen Puff: „Oller Döskopp! Du hörst doch, dass er was anderes braucht. Er muss Affenfleisch haben und Heuschrecken. Mutti, wo kriegen wir das her?"

Pucki seufzte: „Kinder, wartet doch ab. Herr Brandau kommt mit seinem Diener erst am Donnerstag. Wir haben noch vier Tage Zeit."

„Ja, bis dahin kannst du vielleicht Affenfleisch und Heuschrecken besorgen", meinte Karl.

„Hinterher kriegt er dann noch meine Speise mit Himbeertunke. Die wird er schon essen." Peter zog Karl eine lange Nase und lief dann rasch aus dem Zimmer.

Als sich der Vater zum Mittagessen einstellte, wurde er von seinen Kindern mit Fragen bestürmt. Von dem neuen Patienten der Klinik wollten sie nichts wissen. Für seine Reisen durch Afrika hatten sie kein Interesse. Sie fragten nur immer wieder nach dem Schwarzen.

„Wie heißt er? Oder haben Schwarze keine Namen?“

„Natürlich hat er einen Namen. Einen afrikanischen und einen deutschen. Er ist schon als Knabe in einer Missionsschule gewesen und hat dort Deutsch, Lesen, Schreiben, Rechnen und manches andere gelernt. Sie nannten ihn dort Heinrich. Sein afrikanischer Name aber ist Itutu.“

„Tu-tu!“, sagte Rudi. „Aber ich habe doch ein bisschen Angst vor dem Schwarzen.“

„Ich habe gar keine Angst, auch wenn tausend Schwarze kommen“, prahlte Peter.

„Peterli!“, Pucki hob warnend den Finger. „Vor tausend Schwarzen würdest du schon Reißaus nehmen. Du sollst nicht immer so aufschneiden.“

„Vati, warum ist der Itutu schwarz? Macht das auch das Klima?“

„Ganz recht, Karl. Denk mal nach: Wenn ihr im Sommer viel in der Sonne seid, dann werdet ihr braun. Die Sonne bräunt euch, wie man sagt. Das ist gesund und nützlich. Es ist eine Schutzfarbe gegen das Verbrennen der Haut. In Afrika brennt aber die Sonne noch viel heißer als bei uns. Und sie brennt alle Tage im Jahr gleichmäßig, weil es dort keinen Wechsel der Jahreszeiten gibt. So sind die Menschen dort durch ihre schwarze Hautfarbe wirksam und immer gegen die Schädigung durch die Sonnenstrahlen geschützt.“

„Wenn sie dann länger hier sind, werden sie weiß“, behauptete Peter. „Da wird wohl der Itutu auch weiß werden, wenn er länger bei uns bleibt.“

„Quatsch, Peter. Die Schwarzen sind echt gefärbt. So wie unsere Turnhosen. Die werden bestimmt nicht weiß, wenn sie zu uns kommen.“

„Wenn ihr nicht endlich ruhig seid“, zürnte der Vater, „dann darf Itutu gar nicht zu euch kommen.“

Diese Drohung half, aber nur so lange, wie der Vater im Esszimmer war. Kaum hatte er den Raum verlassen, da wurde die Mutter erneut mit Fragen bestürmt. Pucki konnte sich nicht anders helfen, als die Kinder immer wieder zu ermahnen, Geduld zu haben und bis zum Donnerstag zu warten und artig zu sein.

„Du bist unser liebes Mütterlein“, sagte Karl. „Ich habe nun auch ein Heiligtum. – Du bist in meinem Federkasten.“

„Wo bin ich, Karlchen?“

„Ich trage dich in meiner Büchermappe mit herum.“ Pucki glaubte, er hätte ein Bild von ihr und forschte nicht weiter. Als sie aber am Nachmittag den Nähkorb hervorholte, war schon wieder ein Fingerhut verschwunden. Seit Tagen fehlte ihr der eiserne Hut, heute vermisste sie auch den gelben. Den Kindern war streng verboten, den Nähkorb anzurühren. Also musste der Fingerhut herausgefallen sein. Aber dann hätte er sich beim Aufräumen finden lassen müssen. – Dass Peterli sich heute Vormittag auch ein „Heiligtum“ geholt hatte, ahnte Pucki nicht.

Währenddessen saßen die Knaben beisammen und überlegten, auf welche Weise sie den Eltern eine besonders große Freude bereiten könnten.

„Wenn ich nicht mehr schwindle, dann ist das die größte Freude. Dann bekomme ich den Schwarzen ganz allein für mich.“

„Das wär' ja noch besser, Peter! Und du schwindelst ja doch bald wieder. Du darfst überhaupt nicht zum Itutu! Du musst bis dahin sehr artig sein, zuspringen und helfen, wenn einer was nötig hat, wie der Vati von Onkel Doktor Eck gesagt hat. Wenn ich nur wüsste, wo wir helfen können!“

„Vielleicht der Emilie in der Küche oder dem Vati bei den Kranken – oder Tante Waltraut? Wir können vielleicht bei den Kranken sitzen und ihnen Geschichten erzählen, dann merken sie nicht, dass ihnen etwas wehtut.“

Dieser Vorschlag leuchtete den anderen Knaben ein. Sie gingen zur Klinik und warteten mäuschenstill, bis Tante Waltraut aus einem der Zimmer kam.

„Jetzt sind wir da, Tante Waltraut. Wir möchten gern helfen. Hier gibt es doch viel Arbeit. Wo können wir helfen?"

„Ihr wäret mir gerade die Richtigen! Was wollt ihr denn helfen?", fragte Waltraut.

„Jeder setzt sich an das Bett eines Kranken. Dann streicheln wir ihm die Hände und sagen, dass es gar nicht schlimm mit ihm ist und dass er nicht zu sterben braucht. Und wir erzählen ihm eine schöne Geschichte vom großen Frosch oder dem Froschkönig; da freut er sich. – Lass uns mal zu einem Kranken gehen, Tante Waltraut!"

„Das ist sehr nett von euch, aber – ich kann euch wirklich nicht brauchen. Um Kranke zu pflegen, muss man etwas mehr verstehen. Kranke brauchen Ruhe und ihr könnt nicht ruhig sein."

„O doch, Tante Waltraut! Wir können ganz ruhig sein, du brauchst es nur mal zu versuchen."

„Nein, nein, geht nur wieder. Wenn ihr größer seid, könnt ihr helfen. Lauft in den Garten, pflückt ein paar Blümchen für die Vasen, aber reißt keine Wurzeln aus."

„Oh, Blumen abpflücken verstehen wir!"

Alle drei gingen in den Garten. Es war eine Freude, den Kindern beim Pflücken der Blumen zuzusehen. Oft genug waren sie dabei gewesen, wenn die Mutter Sträuße für die Krankenzimmer zurechtmachte. Allerdings wählten die Knaben die schönsten Blumen, auch solche, die Pucki gern als Gartenschmuck zurückbehalten hätte.

Die Kinder waren sehr stolz, als jeder mit zwei schönen Sträußen zu Tante Waltraut zurückkehrte.

„Das habt ihr gut gemacht", lobte sie, „nun werden sich die Kranken an den Blumen erfreuen und rascher gesund werden."

„Tante Waltraut, mein Freund Manfred hat mir gesagt, es ist für meine Eltern sehr gut, wenn die Leute recht lange in der Klinik bleiben. Jeden Tag müssen sie bezahlen. Das Geld bekommt der Vater."

„Der Vater ist glücklich, wenn er seine Kranken recht bald gesund gemacht hat. Denke doch, Karlchen, oftmals sind es Väter und Mütter, die hier liegen. Sie sehnen sich zurück nach ihren eigenen Kindern, nach der täglichen Arbeit. So sorgt dein Vati dafür, dass die Kranken recht bald wieder in ihr eigenes Heim kommen."

„Dann verdient er aber nicht so viel, sagt Manfred."

„An den eigenen Verdienst denkt der Vati nicht, wenn es gilt, anderen zu helfen. Ihr sollt später auch so werden. Erst soll man anderen Menschen Freuden bereiten und dann erst an sich selber denken."

Peter lachte laut auf. „Erst will ich Freude haben, dann die anderen!"

Dann liefen die Knaben wieder davon. Sie fragten bei Emilie, ob sie ihr helfen könnten, sie suchten die Mutti auf und warteten sehnsüchtig darauf, dass mit den Vorbereitungen für die Unterbringung des Schwarzen im Zimmer neben der Garage begonnen wurde. Endlich kamen Emilie und Herr Mahler. Sie stellten eine Bettstelle auf und legten Bettzeug hinein. Dann wurden ein Waschtisch und zwei Stühle gebracht. Ein Schrank befand sich bereits im Zimmer.

Pucki sorgte für Vorhänge an den Fenstern und auch die Kinder suchten zu helfen. Sie durften mancherlei herbeibringen. Karl trug einen Wasserkrug, stolperte aber und zerbrach dabei den Krug. Obendrein schnitt er sich noch in die Hand und musste vom Vater verbunden werden. Peter kletterte auf die Stehleiter, als die Mutter das Zimmer für einige Augenblicke verlassen hatte. Oben machte er Turnübungen, um Rudi zu belustigen, fiel dabei kopfüber herab und schlug sich eine große Beule, die in der Klinik von Tante Waltraut gekühlt werden musste. Auch Rudi wurde hinausgeschickt. Lange hörte die Mutter sein unwilliges Schreien. Aber auch Doktor Gregor vernahm es. Da riss ihm die Geduld und Rudi bekam eine tüchtige Tracht Prügel mit dem Erfolg, dass er noch stärker brüllte. Am nächsten Tag kam ein Brief von Herrn Brandau. Er meldete seine Ankunft für Donnerstag Nachmittag gegen vier Uhr an.

„Mutti, dürfen wir ihnen entgegengehen?"

„Nein, Kinder, ihr bleibt zu Hause."

„Ach, Mutti, liebes gutes Mütterchen, wo kommen sie denn her?"

„Wahrscheinlich von Pelitz über die Rahnsburger Brücke."

„Über die Brücke?", forschte Peter mit weit geöffneten Augen.

„Freilich, Peter."

„Mutti, wenn aber der Afrikamann oder der ltutu ein bisschen geschwindelt haben? – Oder ist die Rahnsburger Brücke keine Lügenbrücke? Mutti, ich will doch lieber hier warten. Wie kommen sie denn?"

„Mit Herrn Brandaus Auto. Der Schwarze fährt den Wagen, er ist doch der Chauffeur."

Peter lachte und schüttelte sich vor Vergnügen: „Mutti, jetzt darfst du nicht mehr über die Brücke gehen. Jetzt hat meine liebe Mutti auch geschwindelt. Wenn ich tausend sage, schiltst du, denn ich soll nicht aufschneiden. Du aber erzählst uns, dass der schwarze Itutu Auto fahren kann. Das glaube ich nicht. Siehst du, eine große Mutti kann auch aufschneiden."

„Du irrst, Peterli. Mutti weiß ganz genau, dass Itutu das Auto lenkt."

Peter schüttelte ungläubig den Kopf. Langsam folgte er seiner Mutter, die Bettwäsche in Itutus Zimmer trug und das Laken auflegte. Auch Karl und Rudi kamen herbei.

„Haha!", lachte Rudi aus vollem Hals. „Da werden Frau Mahler und die Waschfrau aber schöne Augen machen."

„Was meinst du, Rudi?"

„Na, wenn so viel Bettwäsche kommt! Jeden Tag ganz schwarzes Zeug. Die Waschfrau sagt sowieso manchmal, dass so viel Wäsche zu waschen ist. Haha! – Der Itutu muss ein schwarzes Bett haben."

„Du denkst wohl, der färbt ab, wie der Schornsteinfeger? Du kleiner Schafskopf." Karl tat sehr überlegen.

„Hat der Vater nicht neulich erzählt, dass die Sonne die Menschen in Afrika schwarz macht? Und ganz echt!"

Jetzt lachte auch Pucki. Aber Rudi glaubte Karl nicht. Er nahm sich vor, den Itutu mit dem Taschentuch zu reiben. Dann würde er ja wissen, ob er abfärbte oder nicht. Die Mutti wusste das vielleicht nicht. Na, und der Karl schon gar nicht.

„Wir wollen an die Wände noch ein paar Bilder hängen, das sieht freundlicher aus", meinte Pucki.

„Ja, tausend Bilder. Von Affen, von Gier-affen und Heuschrecken."

„Peterli, ich will dir nachher einmal zeigen, wie viel tausend Stück sind. Komm mit."

Pucki ging mit Peter in die Küche und schüttete aus einem Behälter auf dem Küchenschrank eine Anzahl Erbsen auf den Tisch.

„Nun schau einmal her. Du weißt gar nicht, was tausend für eine Menge ist. Ich will es dir zeigen. Das hier sind etwa hundert Stück. Zehn solche Häufchen müsstest du haben, damit es tausend sind. Nun denke einmal nach, wie viel tausend Bilder sein würden!"

„Mutti, die hätten bei Itutu an den Wänden keinen Platz."

„So ist es, Peterli. Und nun sei brav. – Wenn du immerfort die Zahl Tausend im Mund führst, ist das recht töricht. Schau dir noch einmal die hundert Erbsen an, da siehst du, dass hundert schon sehr viel ist. – Peterli, die Kinder nennen dich in Rahnsburg den Lügenpeter. Das macht die Mutti sehr traurig. Es ist nicht schön, wenn ein Kind einen so hässlichen Namen hat."

„Mutti, dich haben sie doch auch immer ‚Pucki' genannt, weil du so viel dummes Zeug gemacht hast. Das stand alles in dem Buch."

Pucki atmete schwer. Es war doch nicht leicht, Kinder zu erziehen. Dabei gab sie sich die größte Mühe, ihre Kinder zu ordentlichen und rechtschaffenen Menschen zu machen. Der Erfolg schien nur gering. Nochmals versuchte sie, dem Knaben den Unterschied zwischen zehn, hundert und tausend klarzumachen. Aber schon eine halbe Stunde später vernahm sie aus dem Garten Peters Ruf:

„Karlemann, komm rasch mal her, hier krabbeln tausend Käfer!"

„Ach, Peterli" , seufzte die Mutter, „wird es mir gelingen, aus dem Lügenpeter einen wahrheitsliebenden Peter zu machen?"

DIE LÜGENBRÜCKE

Nun war es also endlich so weit; die drei Jungen waren vor Ungeduld kaum noch zu halten. Gar zu gern hätten sie schon an der Brücke das Auto erwartet, um den Schwarzen am Steuer des Wagens zu sehen, aber Pucki erlaubte es ihnen nicht. Sie durften nur bis zur Toreinfahrt gehen, um von dort aus den Wagen herankommen zu sehen. Darauf sollten sie sofort in den Hof zurückkommen, wo Dr. Gregor und Pucki den Gast erwarten wollten. Nun standen die drei erwartungsvoll an der Toreinfahrt zur Klinik und blickten immer wieder die Kastanienallee hinab, woher das Auto kommen musste.

„Och, ich glaube nicht, was die Mutti von dem schwarzen Chauffeur gesagt hat. Der Afrikaforscher sitzt am Steuer und der Schwarze neben ihm."

„Weißt du, Peterli", meinte Rudi, „er wird eine rote Jacke anhaben, so wie ein Affe auf dem Leierkasten."

„Vielleicht hat er 'ne Ziehharmonika und spielt darauf, damit dem Forscher die Zeit nicht zu lang wird am Steuer."

„Ach, Quatsch, Peter, der Schwarze ist der Chauffeur!"

„Was du nicht alles weißt!", brüllten die beiden jüngeren Brüder. „Ein Schwarzer kann nicht Auto fahren. – In Afrika gibt es keine Autos, nur wilde Tiere. Wo sollte er da fahren lernen?"

„Ihr seid ganz dumm", erklärte Karl überlegen. „Der Vati hat mir erzählt, dass der Afrikaforscher seinen Wagen mitgehabt hat und dass Schwarze jetzt auch alles lernen, was wir Weißen können. Also können sie auch Auto fahren. Sie können sogar ein Doktor werden."

„Hahaha!“, lachten Peter und Rudi. „Ach, du hast ‘ne Ahnung!“ Und Peter setzte hinzu: „Du kannst ebenso gut schwindeln wie ich!“

Karl wollte auf den jüngeren Bruder losfahren, aber in diesem Augenblick schrie Rudi aus Leibeskräften: „Sie kommen! Sie kommen!“

Und wirklich – in rascher Fahrt rollte ein eleganter, reich mit Chrom beschlagener grauer Wagen heran. Das Verdeck war zurückgeschlagen, sodass die Knaben schon aus weiter Entfernung den schwarzen Chauffeur am Steuer und hinter ihm im Wagen einen Herrn im grauen Reisemantel sehen konnten. Begeistert brüllten die drei Knaben durcheinander. Was sie riefen, war nicht zu verstehen. Karl musste rasch Rudi zurückhalten, der sonst vor lauter Begeisterung direkt vor den Wagen gelaufen wäre. Dann fuhr das Auto mit elegantem Bogen durch die Toreinfahrt der Klinik. Die Kinder rannten hinterher, noch immer schreiend, lärmend und mit den Armen um sich schlagend.

Am Eingang der Klinik standen Dr. Gregor und Pucki.

Der Wagen hielt, der schwarze Chauffeur sprang heraus und öffnete die Tür. Herr Werner Brandau stieg aus und reichte mit einer tiefen Verbeugung erst Pucki und dann Dr. Gregor die Hand.

„Herzlich willkommen, Herr Brandau! Meine Frau und ich hoffen, dass Sie sich bei uns wohlfühlen und sich bald völlig erholen werden. Was wir tun können, um Ihnen den Aufenthalt angenehm zu machen, soll geschehen.“

Dr. Gregors herzliche Worte taten dem Forscher sichtlich wohl.

„Mein Freund Eberhard, der Ihnen viele liebe Grüße sendet, hat mir schon ausführlich berichtet, wie gut und schön bei Ihnen alles ist. Aber, verehrte gnädige Frau“, Werner Brandau wandte sich an Pucki, „nun müssen Sie mich mit Ihren prächtigen drei kleinen Burschen bekannt machen.“

Pucki rief die Knaben heran und nahm einen nach dem anderen bei der Hand. Sie fürchtete Überraschungen. Aber die Augen der drei Knaben hingen nur gebannt an Itutu, der sich am Auto zu schaffen machte. Kaum hatten sie dem neuen Gast die Hand gereicht und artige Verbeugungen gemacht, da sausten sie davon, zu Itutu an den Wagen.

„Itutu!", rief der Forscher den Schwarzen heran, und zu Herrn und Frau Gregor gewandt, sagte er: „Sie müssen meinen treuen Begleiter und Helfer auch gleich kennenlernen, bevor er den Wagen abstellt."

„Seien auch Sie uns willkommen", sagte Pucki und reichte dem Schwarzen die Hand. „Meine Kinder sprechen schon tagelang von Ihnen. Es sind wilde, aber gute Jungen. Nun, Sie werden sie bald genug kennenlernen. Die drei werden Sie kaum in Ruhe lassen."

Itutu lachte. Seine weißen Zähne blitzten, seine schwarzen, großen Augen strahlten. Er war ein schlanker, hochgewachsener Mann, etwa Mitte der Zwanzig. Sein Gesicht hatte einen klugen Ausdruck. Er wirkte auf den ersten Blick sympathisch.

„Itutu ist ein herzensguter Kerl, gnädige Frau, der wird Ihren Kindern viel erzählen und sie werden ihm bestimmt nicht lästig werden. Er hat Kinder sehr gern."

Da gab es für Puckis Jungen kein Halten mehr. Peter und Karl ergriffen je eine Hand Itutus und Rudi versuchte, abwechselnd Karl und Peter wegzudrängen. Da nahm Itutu den kleinen Burschen auf den Arm, setzte erst ihn, dann Karl und auch Peter in das Auto, fuhr auf dem Hof mit ihnen zwei Runden und dann in die weit geöffnete Garage hinein. Begeistert schrien die Knaben durcheinander.

„Mutti hat schon Speise gekocht, sie hat gesagt, du wirst heiß und hungrig sein. Und Bierflaschen stehen auch schon in einem Eimer mit Wasser", erklärte Karl.

„Itutu ist freilich müde und hungrig. Sehr heiß heute."

„Ein schönes weißes Bett hast du, Itutu", rief Peter, „früh kannst du drin so lange schlafen, wie du willst."

„Itutu schläft so lange, wie Massa Brandau befiehlt", sagte der Schwarze.

Rudi hatte aus der Hosentasche sein Taschentuch hervorgeholt und leckte mit der Zunge eifrig daran herum. Dann rieb er Itutu damit die Hand. Das Taschentuch blieb weiß.

Itutu lachte laut auf. „Alles echt, Itutu kein Schornsteinfeger!"

„Na", meinte Karl, „wenn du länger hier bist, Itutu, dann wirst du schön weiß werden."

Peter wies mit dem Finger auf die Klinik. „Hier liegen die Kranken. Wenn du mal bei uns krank wirst, holt der Vater dich in das weiße Haus. – Jetzt aber komm erst mal rein, Itutu, das hier ist deine Stube." Karl öffnete die Tür und Itutu staunte. „Itutu hat ein feines Zimmer! Ein helles Zimmer, da kann Itutu im Bett die Zeitung lesen."

Karl blieb der Mund vor Staunen offen. „W – a – s – du kannst lesen? Sogar die Zeitung lesen?"

„Hahaha, er schwindelt! Wenn ich jetzt 'ne Zeitung bringe, bist du aber reingefallen, Itutu!" Peter wollte davonstürmen, um von Emilie eine Zeitung zu holen.

Der Schwarze lachte gutmütig. „Itutu hat selber Zeitung – hier!" Dabei klopfte er auf die Brusttasche seines dunkelblauen Chauffeuranzugs. Dann faltete er mit stolzer Gebärde die Zeitung und sagte: „Soll Itutu was vorlesen?"

„Ja, mach nur!", sagte Peter, dabei stieß er seinen Bruder Karl heimlich an.

Itutu entfaltete die Zeitung und las die fett gedruckten Überschriften, eine nach der anderen, und fuhr dabei mit dem Finger immer über die Zeilen.

Da wurde Peter sichtlich kleinlaut und Karl erklärte anerkennend: „Itutu, du bist ein ganz Kluger!"

Dann kam Pucki herein. „Kommen Sie bitte herüber, der Kaffee ist fertig. Sie werden gewiss durstig sein und ein Stück Kuchen möchten Sie sicher auch gern essen. Und nun wünsche auch ich Ihnen, dass es Ihnen während Ihres Aufenthaltes in unserem Haus gut gefällt. Sollten Sie noch ein Anliegen haben, brauchen Sie es nur einem meiner Kinder zu sagen. Sie sind doch heute mit Ihrem Dienst gewiss fertig?"

„Itutu muss noch nach dem Wagen sehen, dann kommt er zum Kaffee."

„Nun kommt mit mir, Kinder. Itutu muss sich von der langen Fahrt säubern. Ihr habt ihn nun genug belästigt."

„Itutu ist nicht belästigt, Itutu hat Kinder sehr gern. Nachher muss Itutu noch den Wagen waschen."

„Da helfen wir dir", rief Karl treuherzig.

Pucki warf einen verzweifelten Blick zum Himmel, sie ahnte schon wieder allerlei Unheil. Dann nahm sie die Kinder mit sich und verließ das Zimmer.

Eine Stunde später holte Itutu das Auto aus der Garage, schraubte den Wasserschlauch an und begann mit dem Waschen. Sofort erschienen die Knaben.

„Wir helfen dir! Ich hole Seife."

„Und ich ein Handtuch zum Abtrocknen", rief Rudi.

Peter stieß Itutu unvermutet an den Arm; dabei wurde der Schlauch aus der Richtung gerissen und bespritzte Rudi von oben bis unten. Der Junge brüllte sofort los.

Aber schon hatte Itutu den Hahn abgestellt und Rudi gefasst. Er hob ihn hoch und schüttelte ihn tüchtig, dass die Wassertropfen abfielen. Dann eilte er in sein Zimmer, nahm ein Handtuch und trocknete Rudi Gesicht, Haare und Hände sorgfältig ab. Karl beobachtete ihn dabei scharf. Auf seinem Gesicht lag große Anerkennung.

„Itutu, du bist ein feiner Kerl! Aber der Peter ist schuld, der soll es noch kriegen! Hau ihm doch eine runter!"

Peter rückte sofort aus. Er lief um den Wagen herum, weit weg von Itutu; dann erst fühlte er sich sicher.

„Itutu wäscht den Wagen allein", sagte der Schwarze, „ihr seid noch viel zu klein dazu. Setzt euch dort auf die Bank, dann wird euch Itutu erzählen."

„Au fein!", brüllten alle drei. „Erzähle von Afrika!"

„Ja, von der letzten Safari mit Massa Brandau", antwortete Itutu.

„Was ist denn Safari?", fragte Karl.

„Das ist das Schönste, was es gibt! Eine Reise ins Innere Afrikas zu Fuß, mit Trägern, Zelten und allem, was man braucht."

„Wenn der Forscher ein Auto hat und wenn du es fahren kannst, warum lauft ihr dann?", fragte Peter.

„Im Innern Afrikas keine Straßen, keine Eisenbahn. Dichter Busch, wo man mit dem Messer hauen muss, will man durchkommen. Dann wieder die Serengeti. Das ist eine große Steppe mit Gras, so hoch, dass man die Löwen, Gazellen, Antilopen, die Nashörner und andere Tiere, die dort wohnen, nicht sieht. Nur die Giraffen mit ihren langen Hälsen kann man sehen."

Die Kinder staunten. Unermüdlich fragten sie ihn über Afrika aus und was es dort für Tiere gäbe.

Peter machte ein pfiffiges Gesicht und sagte immer wieder: „Mal sehen! Nachher, wenn er fertig ist, dann aber los!" Er hörte kaum mehr auf Itutu, er war voller Ungeduld und wartete, dass der Wagen bald gewaschen wäre.

Karl begleitete Itutu noch bis in die Garage. Dann kamen die beiden jüngeren Knaben, listig mit den Augen zwinkernd, herein.

„Wir haben eine sehr schöne Wiese, auf der die Frösche quaken", sagte Peter, „komm mal mit zu den vielen Fröschen."

„Erst muss Itutu hier alles in Ordnung bringen."

Aber Peter zog ihn am Ärmel. „Komm doch mal mit auf die Wiese", bat er.

„Was soll Itutu auf der Wiese?", fragte der Schwarze.

Rudi stellte sich auf die Zehenspitzen, packte Itutu vorn am Rock und zog ihn zu sich herunter.

„Dort ist 'ne Lügenbrücke. Wir wollen mal sehen, ob du ins Wasser fällst."

„Eine Lügenbrücke? Was ist das?"

„Ja, so was gibt es in Afrika doch nicht", schrie Peter. „Wer schwindelt, der fällt ins Wasser, wenn er darübergeht. Das hat der Onkel Doktor gesagt."

Voller Ungeduld warteten die Knaben, bis Itutu mit der Arbeit fertig war und die Garage verschloss. Dann folgte er den voraneilenden Kindern lachend zur Wiese.

„Gehst du nun zuerst über die Brücke, Peterle?", fragte Itutu. Peter wehrte voller Entsetzen ab. Über dem Bach lag ein breites, sehr festes Brett. Trotzdem war es den Kindern verboten worden, darüberzugehen und auf der anderen Seite des Baches in einem abgegrenzten Teil der Wiese zu spielen. Nur in Begleitung Erwachsener war ihnen das Betreten erlaubt. Aber gerade der Bach hatte für die Knaben eine so große Anziehungskraft, dass sie immer wieder eine Begleitung suchten, um hinüberzugehen. An sich war es nicht gefährlich, wenn man über den Bach ging, das Wasser war viel zu flach; aber Pucki saß noch heute der Schreck in den Gliedern, wenn sie an den Unglücksfall dachte, als ihr Jüngster vor zwei Jahren fast im Schlamm des Baches erstickt war. Darum hatte sie den Kindern verboten, über den Bach zu gehen.

„Also, wer lügt, fällt hinein?", fragte Itutu. „Hat einer von euch gelogen?"

„Wir nicht", rief Peter, „aber ich weiß einen, der schwindelt!"

„Ich gehe als Erster über die Brücke", sagte Karl siegessicher. Er war zuversichtlich, da er sich nicht erinnern konnte, in den letzten Tagen eine Unwahrheit gesagt zu haben. Außerdem glaubte er die Geschichte von der Lügenbrücke nicht so ganz. – Stolz ging er hinüber und kam ebenso stolz wieder zurück.

„Karl ist kein Schwindler", sagte Itutu, „jetzt kommt der Peter an die Reihe."

„Nein", rief Peter erschreckt, „geh du erst mal rüber!"

Itutu ahnte, was die Kinder vorhatten. Er war klug genug, um bemerkt zu haben, dass Peter seine Schilderungen von Afrika für Lüge gehalten hatte.

„Itutu traut sich nicht“, lachte er ein wenig. „Itutu hat vielleicht mal gelogen.“

„Ach, geh doch mal rüber, bitte, bitte!“, drängte Peter. Dabei machte er ganz listige Augen.

Itutu verstand den Spaß. So wagte er zögernd den ersten Schritt. „Wenn es doch eine Lügenbrücke ist…“

„Geh doch!“, drängte Peter.

Obgleich nur drei Schritte zu machen waren, um den Graben zu überqueren, fing Itutu plötzlich an zu stolpern und stand gleich darauf mit beiden Beinen im Wasser. Da er seine hohen Stiefel noch anhatte, machte ihm das nichts aus. „Oh“, rief er, das Lachen mühsam unterdrückend.

Dann sah er die entsetzten Gesichter der Knaben.

„Das kommt davon, wenn man eine Unwahrheit sagt!“, rief Peter. „Es ist schon besser, wenn sich Itutu keine Lügen ausdenkt. Eine ganz gefährliche Brücke!“

„Eine richtige Lügenbrücke“, meinte Karl staunend und betrachtete sie mit Ehrfurcht. Nun glaubte er fast selbst daran.

„Jetzt geht Peterli hinüber“, sagte Itutu.

„Kommt schnell fort!“, schrie Peter. Er hatte es plötzlich recht eilig. „Wir wollen dort drüben hingehen, dort ist es auch sehr schön! Oder – wir gehen in die Laube.“

Itutu lachte noch immer über den gelungenen Scherz. Karl hingegen waren Zweifel gekommen. Vielleicht hatte es doch etwas mit der Lügenbrücke auf sich.

Itutu spielte Haschen und Verstecken mit den Knaben.

Das gefiel ihnen so gut, dass alle drei den Schwarzen bald gut leiden mochten. Sie stellten befriedigt fest, dass auch Schwarze sehr freundliche Menschen sind, mit denen man sich als Kind ganz vortrefflich die Zeit vertreiben konnte.

Schließlich rief Emilie zum Abendessen. Peter eilte der Mutter entgegen. „Mutti, es ist wirklich ’ne Lügenbrücke!

Der Itutu ist ins Wasser gefallen! Mutti, er hat so viel gelogen von Afrika und schon ist er reingeplumpst!"

„Ihr sollt doch nicht zum Bach gehen, Kinder!", sagte Pucki streng.

„Itutu war dabei und hat uns beschützt. Da durften wir doch hingehen. Mutti, Itutu ist wirklich in den Bach gefallen. Es war dort aber nicht tief, da ist er rasch wieder herausgekommen."

„Merke dir, Peterli", sagte Pucki ernst, „wenn es mir wieder einmal scheint, als hättest du die Unwahrheit gesprochen, dann gehe ich mit dir über die Lügenbrücke."

„Ach, Mutti", versprach Peter ängstlich, „ich will ja nicht mehr lügen."

Nach dem Abendessen wollten die Knaben wieder zu Itutu gehen, aber die Eltern wehrten ab.

„Lasst ihn jetzt in Ruhe, er will schlafen. Er wird froh sein, endlich ins Bett zu kommen."

„Aber morgen", bat Karl, „ich habe ihn noch so furchtbar viel zu fragen. – Mutti, ich möchte gern auch nach Afrika mit einer Safari!"

„Na", lachte Pucki, „bis es so weit ist, musst du noch viel lernen."

„Ja, Mutti, Itutu muss mir sagen, wie man in Afrika spricht, wie man Löwen fängt und Nashörner jagt."

Im Traum sah sich Karl bereits als Afrikaforscher.

Peter aber träumte von einer hohen Bogenbrücke, über die eine Eisenbahn fuhr; und weil ein Mann im Zug saß, der gelogen hatte, brach die Brücke zusammen.

Ach ja, eine Lügenbrücke war gewiss nicht schön!

FREUND ITUTU

Drei Wochen waren vergangen, seit der Afrikaforscher mit seinem schwarzen Diener in Rahnsburg eingetroffen war. Für die Kinder bedeutete diese Zeit eine Fülle von neuen Erlebnissen, und sie erfuhren von bisher nie geahnten Dingen.

Kaum kamen Karl und Peter mittags aus der Schule, da konnten sie die Mappen nicht schnell genug beiseitewerfen, um zu ihrem Itutu zu eilen. Der war den Knaben bald ein guter Freund geworden. Sie fühlten aus jedem seiner Worte, dass er es gut mit ihnen meinte und dass er ihnen Freude und Zerstreuung bereiten wollte. Am herzlichsten fühlte sich Itutu zu Rudi, dem Kleinsten, hingezogen; wo Itutu auch ging und stand, Rudi folgte ihm wie sein Schatten. Und der gute Schwarze spielte und tollte mit ihm und vertrieb ihm die Zeit in den Stunden, während die größeren Knaben in der Schule waren.

Das Schönste für die drei Jungen war, wenn Itutu von Afrika und seiner Heimat erzählte. Dann lauschten sie mit größter Aufmerksamkeit.

„Itutu, unsere Mutti kann auch so schöne Märchen erzählen wie du!"

„Keine Märchen, Karl, alles wahr, was Itutu erzählt."

„Rudi will von den Affen hören", verlangte der Jüngste.

„Ja, von den Affen", schrie Peter. „Hast du schon einmal einen Affen gefangen?"

„Du bist selber ein Affe", sagte Karl. „Schmetterlinge fängt man, Mäuse und Ratten, mitunter auch Vögel. Aber Affen – hahaha! Du bist zu dumm, Peter!"

„Peterle ist nicht dumm", sagte der Schwarze. „Massa Brandau und Itutu haben schon viele Affen gefangen."

„Mit einer Falle?", lachte Karl spöttisch. „Nein, Itutu, das glaube ich dir nicht!"

„Hört mal zu, Itutu wird euch erzählen, wie das gemacht wird. Schwer sind die Affen zu fangen, sehr schwer. Man muss dabei sehr listig sein. Zuerst wird eine Grube gemacht, nicht zu tief, nur so, dass der Affe bis zur Hälfte darin stehen kann. Dann wird in die Grube Getreide gestreut oder sonst etwas, was die Affen gern fressen. Um die Grube wird eine Seilschlinge gelegt, aber so im Sand vergraben, dass der Affe sie nicht sehen kann. Das Ende der Schlinge hält der Jäger in der Hand. Er muss natürlich im Gebüsch gut versteckt sein. Nun wartet er, bis ein Affe kommt. Geduld, nicht gleich losziehen! Der Affe muss erst ganz sicher sein, muss ruhig fressen, nichts Böses ahnen. Dann aber: ruck! – ruck! Die Schlinge geht zu, und der Affe ist gefangen! Mitten um den Leib hat er die Schlinge."

„Oder auch nicht", rief Karl. „Vielleicht ist er rasch noch herausgesprungen."

„Kann vorkommen", meinte Itutu, „aber Massa Brandau und Itutu sind gute Fänger."

„Ist dir noch keiner weggelaufen?"

„Gehst du nachher wieder zur Lügenbrücke?", fragte Peter.

Itutu lachte: „Sag doch, Peterle, woher sollten denn die Affen in euren Zoologischen Gärten kommen, wenn sie nicht gefangen werden? Habt ihr noch keine gesehen?"

„Doch, in der großen Stadt und auf dem Leierkasten."

„Ach, der Peter redet ja immer dummes Zeug!" Karl warf dem Bruder einen verweisenden Blick zu.

„Erzähle lieber von den kleinen Zwergen", bettelte Rudi.

„Zwerge?", fragte Karl. „Hast du davon dem Rudi erzählt, während wir in der Schule waren? Dort wird gar nicht so was

Schönes erzählt. Immerzu nur rechnen und lesen. – Was ist mit den Zwergen, Itutu? Gibt es die auch in Afrika?"

„Ja, auch in Afrika. Ganz kleine schwarze Menschen, so klein, dass Itutu sechs Stück auf einmal tragen kann."

„Oh – du Schwindler!"

„Halte doch den Mund, Peter, lass Itutu erzählen!"

Karl versetzte dem Bruder einen Puff in die Seite.

Peter fuhr gleich auf ihn los, aber Itutu trat dazwischen. Mit freundlichem Lachen trennte er die beiden Kampfhähne und fuhr fort: „Die kleinen schwarzen Menschen nennt man Mondleute."

„Kommen die vom Mond?", fragte Rudi.

„Du hörst doch, Rudi, sie sind in Afrika und nicht auf dem Mond. Aber warum heißen sie Mondleute?"

„Itutu weiß das auch nicht. Kleine schwarze Leute, die gern tanzen und singen und immer fröhlich sind. Wenn sie müde sind, rollen sie sich zusammen und schlafen. Dörfer haben sie nicht. Ob Hütten oder Krale, wie die Hottentotten, weiß Itutu auch nicht. Aber einen Häuptling haben sie. Das ist der erste Mann im ganzen Stamm. Er wird immer von den kleinen schwarzen Leuten getragen. Er braucht nie zu laufen."

„Ich möchte so einen kleinen schwarzen Mann haben. Kannst du ihn nicht auch mit dem Seil fangen?", fragte Rudi.

Itutu wehrte entsetzt ab. Er schlug mit den Händen um sich und schnitt Grimassen: „Itutu fängt keine Menschen! Itutu fängt nur Tiere und Massa Brandau auch. Arme kleine Schwarze sollen bleiben, wo sie wohnen. Nur böse Menschen stören sie. Massa Brandau sehr gut und Itutu auch." Wieder machte Itutu seine abwehrenden Bewegungen. Er schien ganz außer sich zu sein über den Gedanken, dass man seine Landsleute mit der Schlinge fangen wollte.

Dann wurde Itutu abgerufen. Er sollte das Auto zurechtmachen, Herr Brandau wollte eine Spazierfahrt unternehmen.

Die Kinder durften nicht mitfahren, das wussten sie; es war ihnen streng verboten. Da begaben sich die drei in den Garten, hin zu ihrem Spielplatz.

„Jetzt spielen wir Affen fangen“, rief Karl. „Peter, du bist der Affe!“

„Du bist selber einer“, gab Peter grob zurück. „Erst müssen wir doch eine Grube und einen Strick haben.“

„Den kriegen wir schon!“, sagte Karl. Er ging sogleich zu Mahlers und kehrte kurz danach mit einem Stück alter Wäscheleine und zwei Spaten zurück. „Nun kann's losgehen! – Hier, Peter!“ Dabei reichte er dem Bruder einen der Spaten und auch Rudi beteiligte sich mit seinem Kinderspaten eifrig beim Auswerfen einer kleinen Grube.

„Für dich kleinen Affen brauchen wir nur eine kleine Grube“, meinte Karl.

„Ich will aber nicht der Affe sein!“, rief Peter. „Wenn ich der Affe sein soll, grabe ich nicht weiter!“

„Du bist ein Spielverderber“, schrie Karl. „Rudi, dann bist eben du der Affe!“

„Ja – ich bin der Affe.“ Und schon kauerte sich Rudi in das flache ausgehobene Loch. Da warf ihn Karl hinaus.

„Wir sind doch noch nicht fertig“, rief er. Dann grub er mit Feuereifer und auch Peter bequemte sich, ihm zu helfen.

Als die Grube fertig war, wurde die Leine kunstgerecht um das Loch gelegt, während Karl sich hinter einigen abgebrochenen Ästen versteckte, die er neben der Grube in die Erde gesteckt hatte. Voller Spannung wartete er, aber Rudi kam nicht.

„Mensch – warum kommst du denn nicht?“

„Der kleine Affe kriegt ja nichts zu fressen.“

„Ich bin dumm“, sagte Karl und lief rasch davon. An einem der Birnbäume stand gerade die hohe Leiter. Eigentlich war es den Kindern streng verboten, auf die Leitern zu steigen, aber Karl war so von seinem Spiel erfüllt, dass er eilig hinaufstieg und sich die Taschen voller Birnen stopfte. Dann lief er zurück und legte zwei der Birnen in die Grube.

Rudi beobachtete den Bruder aufmerksam, kam dann langsam näher und schüttelte den Kopf. „Zu wenig Birnen, der Affe kommt nicht. Er muss viel kriegen und lange fressen, sonst kommt er nicht."

Karl lachte. „Du bist ein schlauer Affe", meinte er anerkennend und legte noch zwei große rotbäckige Birnen in die Grube. Rudi machte einen langen Hals, schien befriedigt zu sein und schlich nun langsam näher.

„Dass du ein Affe bist, sieht man", höhnte Peter.

Aber Karl war sichtlich zufrieden mit Rudi. Gespannt beobachtete er den kleinen Bruder, der jetzt langsam näher und näher kam, schließlich in die Grube stieg und sich darin niederkauerte. Dann begann er sofort mit dem Birnenessen.

„Aber zieh nicht zu schnell, Karl, der Affe muss Zeit haben!" Gemächlich verspeiste Rudi eine Birne, dann griff er nach der zweiten. Da wurde die Schlinge zugezogen und Rudi saß richtig gefangen im Loch.

„Hurra – wir haben den Affen gefangen!" Karl und Peter führten einen wilden Tanz um die Grube auf, aber Rudi verstand jetzt keinen Spaß mehr.

„Mach mich wieder los!", schrie er mehrmals hintereinander.

Karl lachte nur, schlang das Ende der Leine um einen Baum und knotete es fest. Da fing Rudi laut an zu schreien. Er brüllte aus Leibeskräften. Nun bekamen die beiden Brüder es mit der Angst zu tun und liefen davon. Rudi wollte ihnen nach, aber das Seil war so fest geknotet, dass er nicht loskommen konnte. Er fiel hin, schlug sich beide Knie auf und heulte nun umso mehr mit voller Lungenkraft.

Emilie war die Erste, die den Lärm durch das geöffnete Küchenfenster hörte. Sie lief zu Pucki und machte sie auf das Geschrei aufmerksam. Diese erkannte sofort die Stimme ihres Jüngsten und eilte angsterfüllt in den Garten. Auf dem Spielplatz lag Rudi, zappelnd, brüllend und krebsrot vor Zorn im Gesicht.

Pucki begriff nicht sogleich, was geschehen war. Sie hob den jammernden Knaben auf und sah die Leine, an der er hing.

„Was bedeutet denn das wieder? Was habt ihr denn nun wieder angestellt?"

Das Schreien des Knaben ging in leises Weinen über, und Hilfe suchend schmiegte er sich an die Mutter. „Ich will kein Affe mehr sein. – Mach mich los, Mutti! Karl und Peter sind weggelaufen!"

„Ich begreife nicht, was das bedeuten soll, Rudi. Wer hat dich hier festgebunden?"

Und dann erzählte Rudi, noch immer schluchzend, was geschehen war. Pucki konnte das Lachen kaum unterdrücken. Dass Itutu wieder einmal die Anregung zu dem Spiel gegeben hatte, ahnte sie. Die Knaben spielten ja neuerdings tagtäglich „Afrika". Erst gestern hatten sie sich mit Ruß Gesichter und Hände eingeschmiert und afrikanische Tänze geübt. Die hatte ihnen gewiss Itutu gezeigt. Das war noch harmlos gewesen, aber hier hätte Rudi ernstlich zu Schaden kommen können. Die Schlinge hätte unglücklich treffen und dem Kleinen den Hals zuschnüren können.

„Komm, mein kleiner Affe, die Mutti gibt dir als Schmerzensgeld ein Stückchen Schokolade."

„Erst aber hole ich meine Birnen. Nein, Mutti, hole du sie mir. Ich habe Angst vor der Grube!"

„Ach so, dort hat man den kleinen Affen wohl gefangen?", lachte Pucki. Dann ging sie mit dem Knaben ins Haus zurück. Später gab es dann für Karl und Peter vom Vater eine ernste Ermahnung, vor allem, weil sie weggelaufen und Rudi allein gelassen hatten.

„Wenn ihr schon Affen fangen wollt“, sagte der Vater, „dann macht es wenigstens sportgerecht. Es ist sehr hässlich, ein gefangenes Tier zu quälen, in einer Schlinge zu lassen und fortzulaufen.“

„Vati, es war doch nur der Rudi und kein Tier!“, sagte Peter.

„Umso schlimmer. Es war unrecht von dir, den kleinen Bruder im Stich zu lassen. Warum habt ihr ihn denn nicht losgebunden, ehe ihr weglieft?“

„Na, er brüllte doch so sehr, da hatten wir Angst.“

„Angst vor der Strafe – nicht wahr? Die müsstet ihr eigentlich nun bekommen.“

Das Affenfangen war den Knaben nun verleidet. Sie klagten Itutu, wie es ihnen bei ihrem Spiel ergangen war, und er lachte sie gründlich aus. Zärtlich nahm er den kleinen Rudi auf den Arm und streichelte ihn. Dann erzählte er wieder von Afrika, bis Emilie die Knaben zum Abendessen holte.

Einige Tage später saß Karl bei seinen Schularbeiten in der Laube im Garten. Er grübelte gerade über eine Rechenaufgabe nach, als er Herrn Brandau über den Kiesweg kommen sah. Artig stand er auf und begrüßte ihn.

Herr Brandau war ein Mann Mitte der Dreißig, von großer, kräftiger Gestalt, mit hellem Haar und grauen Augen, die scharf, aber gütig dreinblickten. Sein Gesicht zeigte energische, aber angenehme Züge. Sein ganzes Wesen war von ruhiger, gleichbleibender Freundlichkeit.

„Nun, Karlemann, wollen wir einmal wieder ein wenig miteinander plaudern? Wir haben uns in letzter Zeit oft so nett unterhalten.“

„Herr Brandau, ich wollte Sie schon immer etwas fragen, aber ich traue mich nicht.“

„Was ist es? Sage es mir nur ruhig. Es wird bestimmt nichts Dummes sein.“

„Ich denke so oft darüber nach, ob alles das wahr ist, was der Itutu uns erzählt, von den Tieren in der Wüste, von den Zwergen, von den Affen und den Nashörnern und Giraffen. Auch von den Elefanten.“

„Mein lieber Karl, sage einmal, warum sollte mein Itutu euch belügen? Ihm ist das Herz voll, wenn er von seinem

Land spricht. Er spricht gern davon, denn er liebt seine Heimat und hat Sehnsucht nach ihr. Die Menschen in Afrika besitzen ein weiches Herz und sind sehr gutmütig. Warum zweifelst du an der Wahrheit seiner Erzählung, da du die Welt noch nicht kennst? Die Welt ist groß und bunt. Überall ist Raum für Menschen, Tiere und Pflanzen und in anderen Ländern ist es anders als bei uns. Wenn du größer sein wirst, werden Schule und Elternhaus, werden Bücher und Vorträge dich über alles belehren. Jetzt bist du noch zu klein, also musst du das glauben, was erwachsene Menschen dir erzählen."

„Ich möchte auch mal Afrika sehen und alle die wilden Tiere. Ich möchte Löwen schießen und Elefanten."

„Warum willst du die Tiere töten? Ist es nicht viel schöner, sie leben zu lassen? Ist es nötig, sie zu töten, nur aus Jagdeifer? Ist es nicht viel besser, nur einige von ihnen zu fangen und sie zu den Menschen in andere Länder der Welt zu bringen, die sie sonst nicht sehen und kennenlernen würden?"

„Ja", sagte Karl nachdenklich, „das ist sicher besser. Die kleinen Affen und die kleinen Löwen und Giraffen haben doch auch Eltern, die traurig sind, wenn ihre Kinder weggefangen werden. Und die kleinen Tiere sind gewiss sehr traurig, wenn man die Eltern totmacht."

„Ganz recht, mein Junge, so ist es. Auch das Tier klagt und leidet."

„Und nun möchte ich gern noch etwas wissen", sagte Karl. „Darf ich fragen, Herr Brandau?"

„Gewiss, mein Junge. – Was möchtest du denn noch wissen?"

„Ich dachte", begann Karl zögernd, „Schwarze sind wilde, böse Menschen, die mit vergifteten Pfeilen schießen und sogar Menschen fressen. Und nun ist der Itutu so nett und lieb – und so klug. Er ist doch so wie wir, nur schwarz. Aber das macht die heiße Sonne, hat uns der Vater erklärt."

„Mein lieber Junge, wenn du auch noch so sehr klein bist, so merke dir schon heute, dass der Mensch das vollkommenste Geschöpf auf Erden ist. Ob er nun weiß, schwarz, braun oder rot von Hautfarbe ist, er ist immer ein Mensch und kein Mensch einer Rasse darf sich über eine andere erheben. Wir Weißen sind natürlich auf vielen Gebieten den farbigen Naturvölkern überlegen. Aber jedes dieser farbigen Völker hat seine eigene alte Kultur. Um das zu erforschen, um das verstehen zu lernen, darum gehen wir Forscher doch in die fremden Erdteile hinaus. Kannst du das begreifen?"

„Ja, das kann ich. Und nicht wahr, dann schreiben Sie Bücher, damit wir anderen das lesen und lernen?"

„Ganz recht, Karlemann. Auch ich werde einmal aufschreiben, was ich in Afrika erforscht und gesehen habe: Menschen, Tiere, Pflanzen, Gesteine und all das Leben dort um mich her. Noch bin ich jung und mich zieht es ebenso wie Itutu immer wieder nach Afrika. Dorthin kehre ich demnächst zurück, denn dein lieber Vater hat mich so gut gepflegt, dass ich wieder vollkommen gesund geworden bin." Damit reichte der Forscher dem Knaben die Hand und schritt der Klinik zu.

Wenige Tage später verließ der Forscher mit seinem schwarzen Diener die Klinik, in der er völlige Gesundung gefunden hatte.

Schwer war der Abschied. Rudi weinte laut und schmiegte sich an seinen Freund Itutu, der bald lachte, bald jämmerliche Grimassen schnitt, um sein Trennungsweh zu verbergen.

Dann ertönte die Hupe, der Wagen fuhr an und verschwand sehr schnell im Torbogen. An der Rahnsdorfer Brücke aber standen Karl und Peter und winkten ihrem schwarzen Freund einen letzten Gruß zu.

PUCKI WEINT

Die hellen Augen Puckis waren in den letzten Tagen trübe geworden. Die Nachrichten aus dem Forsthaus Birkenhain lauteten immer beunruhigender. Puckis Vater, Förster Sandler, war an einer beiderseitigen Lungenentzündung schwer erkrankt und lag in hohem Fieber. Da das Forsthaus nur etwa zwanzig Minuten von Rahnsburg entfernt lag, ging Pucki täglich hinaus. Auch Claus stattete seinem Schwiegervater täglich einen Besuch ab, um nach ihm zu sehen. Er hatte es allerdings für nötig gehalten, auch den zweiten Rahnsburger Arzt, Herrn Doktor Ucker, mit heranzuziehen. Augenblicklich war die Klinik voll besetzt; Doktor Gregor hatte schwere Fälle zu behandeln, sodass er mitunter bis tief in die Nacht hinein in Anspruch genommen war.

Heute Morgen war Pucki durch den Fernsprecher mitgeteilt worden, dass es sehr schlimm um den Vater stünde.

So machte sie sich auf den Weg zu dem Forsthaus, nachdem sie Emilie alle Anweisungen für das Mittagessen erteilt hatte.

„Dürfen wir mitkommen?“, fragte Karl. „Mutti, die Schule fängt bald wieder an, dann haben wir wenig Zeit.“

„Nein, Karl, ich habe es heute sehr eilig. Außerdem ist der Großvater schwer krank und wir dürfen ihn nicht stören, er muss Ruhe haben.“

„Du gehst doch aber auch hin?“

„Das ist doch etwas ganz anderes. Es ist ja mein Vater und ich muss sehen, wie es meinem kranken Vater geht.“

„Wir sind aber doch auch die Kinder vom Großpapa", sagte Peter.

„Ihr bleibt hier. – Macht eurer Mutti keinen Ärger, sie hat Kummer genug!"

Karl streichelte zärtlich ihre Wange. „Wenn du Kummer hast, machen wir dir keinen Ärger. Dann sind wir sehr artig. Weißt du noch, Mutti, du warst auch einmal krank und musstest von uns fort. Da waren wir sooo artig!"

„Da war die alte Oberin hier!", sagte Peter.

„Lasst die Mutti in Ruhe, sie muss fort. Stört auch den Vati und Tante Waltraut nicht, denn in der Klinik ist viel zu tun. Spielt miteinander, dann freut sich die Mutti über euch."

„Der Karl spielt immerzu Afrika, das ist zu dumm. Ich spiele gar nicht mehr gern mit ihm. Immerzu will er Affen fangen oder wie die Afrikaner tanzen. Wir sind aber keine Affen."

„Wie wäre es, wenn ihr drei zu Manfred gehen würdet? Er ist doch dein bester Freund, Karl. Seine Eltern haben auch einen großen, schönen Garten. Dort stört ihr bestimmt nicht. Frau Heiwer hat oft gesagt, ihr möchtet einmal hinkommen."

„Au ja, wir gehen zu der Wippe im Garten!"

Da Heiwers auf dem Weg wohnten, den Pucki zum Forsthaus einschlagen musste, setzte sie ihre drei Knaben dort ab. Pucki wusste, dass die Kinder gut aufgehoben waren, denn Frau Rechtsanwalt Heiwer war sehr kinderlieb; sie hatte außerdem zurzeit ihre beiden jüngeren Schwestern zu Besuch. Die beiden jungen Mädchen beschäftigten sich ständig mit den beiden Heiwerschen Kindern, Manfred und Inge. Die Gregorschen Kinder wurden mit großer Freude willkommen geheißen. So konnte Pucki ruhig hinaus zur Försterei gehen.

Es stand nicht gut um den Vater. Puckis Schwester Waltraut hatte in der Nacht bei ihm gewacht und war dann am frühen

Morgen zurück in die Klinik gegangen, um noch ein wenig zu schlafen. Auch Agnes, die dritte der Schwestern, die auf dem Niepelschen Gut verheiratet war, wurde gebeten, herüberzukommen, da es heute besonders schlecht mit dem Vater stünde.

Nun saß Pucki am Bett des Vaters. Er erkannte seine Tochter nicht, lag in hohem Fieber und sprach wirre Worte vor sich hin. Pucki hielt seine heiße Hand liebevoll in der ihren und schaute besorgt in sein Antlitz. Wie viel Liebe, wie viel väterliche Güte hatte er ihr geschenkt! Wie war er immer bemüht gewesen, seiner Familie Freude zu bereiten! Nur für sie hatte er gelebt und gearbeitet. Er und auch seine Frau, Puckis geliebte Mutter, hatten den Kindern eine sonnige Jugend geschenkt.

Pucki wartete das Eintreffen von Doktor Ucker ab. Als er kam, fragte sie ihn sorgenvoll, ob er noch Hoffnung hätte.

Als der Arzt eine ausweichende Antwort gab, verlor Pucki jede Fassung.

„Man kann in solchen Fällen niemals Genaues sagen, Frau Gregor, aber wir wollen hoffen", tröstete der Arzt. „Ich komme am Nachmittag noch einmal her. Ich werde tun, was in meinen Kräften steht."

„Mein Mann hat heute eine schwere Operation vor. Trotzdem wird er am Nachmittag herauskommen. – Ach, Herr Doktor, gebe Gott, dass mein lieber Vater wieder gesund wird!"

Eine Viertelstunde später kam Agnes. Da hielt es Pucki für ratsam, wieder heimzugehen; sie wollte am Abend noch einmal herauskommen. Frau Sandler ging mit verweinten Augen umher; die Sorge um den geliebten Mann und die wochenlange Pflege hatten sie sehr angegriffen. Dennoch lehnte sie es ab, eine Pflegerin ins Haus zu nehmen.

„Ich bin in Freud und Leid mit ihm verbunden gewesen, wir waren immer beisammen, nun will ich ihn auch hegen und pflegen bis zum letzten Atemzug. Ich würde es als grobe Pflichtverletzung ansehen, wenn ich es nicht täte. Gehe ruhig wieder heim, mein liebes Kind, ich rufe dich sofort, wenn sich Vaters Zustand noch weiter verschlimmern sollte. Ich weiß von Waltraut, dass du augenblicklich viel zu tun hast. Gehe ruhig heim, der liebe Gott wird uns helfen."

Die Worte der Mutter machten Pucki das Herz nicht leichter. Wenn ihr der Vater genommen wurde, ging ein Stück ihrer Jugend mit ihm fort. Freilich, sie hatte einen guten Mann und drei liebe Kinder. Sie war eine glückliche, beneidenswerte Frau und Mutter, aber daneben gehörte ihre ganze Liebe den Eltern.

Im ersten Augenblick dachte sie daran, die Knaben auf dem Rückweg bei Heiwers abzuholen, aber dann unterließ sie es. Vielleicht tat ihr ein wenig Ruhe in der nächsten Stunde gut. Wenn sie die Knaben abholte, würde sie von ihnen mit endlosen Fragen bestürmt werden. – Was sollte sie ihnen sagen?

So kam sie allein zu Hause an und sah in der Küche nach dem Rechten. „Lassen Sie nur alles, Frau Doktor", sagte Emilie, „Sie sehen gar so müde aus. Es ist alles in Ordnung, ich schaffe die Arbeit allein. – Gehen Sie ein wenig hinaus in den Garten, die Ruhe tut Ihnen gut."

Pucki folgte gern dieser Aufforderung. Sie schritt langsam durch den blühenden Garten und setzte sich schließlich in der von wildem Wein dicht umrankten Laube nieder. Hier störte sie niemand, hier konnte sie ihren Gedanken ungestört nachhängen.

Wenn der Vater starb? Vielleicht erlebte er den heutigen Abend nicht mehr. Dann war die gute Mutter ganz allein. Es würde schwer, unendlich schwer für sie sein, allein im Leben zu stehen. Dann musste sie auch aus dem ihr lieb gewordenen Forsthaus hinaus, um einem Nachfolger Platz zu machen.

„Ach, Väterchen, wie viel Liebe hast du deinen Kindern geschenkt! Wie gut warst du stets zu uns!“, dachte Pucki.

Sie konnte es nicht hindern, dass ihr die Tränen aus den Augen rannen. Bisher hatte sie sich tapfer zusammengenommen, um Waltraut und die Kinder nicht zu beunruhigen. Nun war sie allein, nun konnte sie sich einmal ausweinen und die Tränen würden ihr das schwere Herz ein wenig leichter machen. – So saß Pucki in der einsamen Laube, drückte das Gesicht in beide Hände und Träne auf Träne floss aus ihren Augen.

Das fröhliche Spielen der Kinder bei Heiwers hatte nicht lange gedauert. Karl und sein bester Freund Manfred gerieten sich bald in die Haare, obwohl Frau Heiwer versucht hatte, den ausgebrochenen Streit zu schlichten.

„Freunde dürfen sich nicht zanken“, mahnte sie.

„Gerade weil er mein bester Freund ist, zanke ich mit ihm“, behauptete Karl eigensinnig, „und heute kann ich ihn gar nicht leiden.“

„Aber Karl, du sagst doch immer, du hättest Manfred sehr gern.“

„Habe ich auch, ich habe ihn furchtbar gern – nur heute nicht!“

So gab ein Wort das andere. Manfred schlug sogar auf seinen besten Freund ergrimmt ein.

Da erklärte Karl, er ginge nun nach Hause.

„So geh nur“, sagte Frau Heiwer lachend, „heute Nachmittag spielt ihr ja doch auf eurer Wiese wieder zusammen. Hoffentlich ist bis dahin die Freundschaft neu geschlossen.“

„Das kann sein“, meinte Karl, „heute Nachmittag werde ich ihn wieder gern haben. Aber jetzt gehe ich!“

„Deine Brüder behalten wir aber hier.“

„Nein, die Brüder lasse ich nicht bei ihm; er ist mein Freund nicht mehr.“

„Du bist auch nicht mein Freund“, schrie Manfred.

„Wenn ich größer und stärker wäre als du, dann schlüge ich dich jetzt k. o. Na, das mache ich später. Deine Frechheit von heute vergesse ich dir nicht.“

„Ich nehme vorher meine Schlinge und fange dich und dann sperre ich dich ein. Das wirst du bald sehen, denn mit der Schlinge hab ich Übung. Dann pass auf, wie du wieder rauskommst!“

„Das sind ja schlimme Dinge“, wehrte Frau Heiwer ab. „Kinder, vertragt euch und spielt weiter!“

Aber Karl fasste Rudi am Arm und rief: „Peter, herkommen! Wir gehen nach Hause. Bei dem da bleiben wir nicht länger.“

„Macht, dass ihr rauskommt, oder ich schmeiße mit Steinen!“, schrie Manfred.

„Schämst du dich nicht, Manfred!“, schalt Frau Heiwer und versuchte, die Kinder zum Bleiben zu bewegen. Aber Karl zog die Brüder mit sich fort. So wanderten die drei heimwärts. Peter und Rudolf blieben im Hof am Sandhaufen sitzen, Karl aber holte sein Seil und ging in den Garten. Er wollte Affen und andere wilde Tiere beschleichen. Er spielte jetzt immer am liebsten „Afrika“.

„Ich muss fleißig üben, wenn ich ihn fangen und einsperren will“, dachte er. Dann suchte er sich ein flaches Stück Holz. „Das ist mein Buschmesser.“ Er duckte sich nieder und schritt dem Gebüsch zu. Möglichst lautlos, mit eingeknickten Knien, das „Buschmesser“ in der Hand, so versuchte er lautlos durch die Büsche zu schleichen. Von Zeit zu Zeit hielt er an und blickte nach rechts und links, ob er nicht ein wildes Tier erspähen könnte.

Da huschte eine Eidechse über seinen Weg. „Ein Krokodil“, flüsterte er. „Ich muss es fangen, für den Zoologischen Garten.“ Aber das Tier war flinker als er.

Plötzlich lauschte er. – Was war das? Es klang, als ob jemand bitterlich weinte.

Lautlos pirschte sich Karl an die Laube heran, in der Pucki saß und schluchzte. In jähem Schrecken blieb der Knabe stehen. Durch das Weinlaub hindurch konnte er die Mutter erkennen. Er sah, wie sie sich soeben die Augen abwischte und dann den Kopf müde in die Hand stützte und wieder aufschluchzte. Sein erster Gedanke war, hin zu der Weinenden zu eilen und seine Arme im ihren Hals zu legen. Aber das Weinen war so erschütternd, dass Karl nicht wagte, die Mutter zu stören. Irgend etwas hielt ihn zurück, er wusste selbst nicht, warum er den Mut nicht fand, in die Laube zu gehen.

„Mutti weint", flüsterte er leise vor sich hin. Angst und Leid klangen in seiner Stimme.

Noch einmal schluchzte Pucki bitterlich auf. Da stürmte Karl davon. Der Mutti war etwas geschehen, sie versteckte sich in der Laube. Oh, es musste etwas Schlimmes sein!

In wildem Lauf eilte Karl zur Klinik. Die erste Schwester, die er traf, fragte er nach dem Vater.

„Er ist in Zimmer fünf, wird aber sofort herauskommen, mein Kind."

Aufgeregt wartete Karl vor der Tür. Als der Vater kam, rief er ihm angsterfüllt entgegen: „Vati, die Mutti sitzt in der Laube und weint fürchterlich. Sie hat ganz rote Augen und weint immer mehr! Vati, komm schnell!"

„Mein lieber Junge, störe die Mutter nicht. Sie hat großen Kummer und möchte allein sein. Geh nicht zu ihr. Wenn sie sich ausgeweint hat, wird ihr leichter sein. Nicht wahr, du lässt sie in Ruhe?"

„Vati, sie weint aber so sehr! Vati, ich möchte auch weinen!"

„Lass die Mutti hübsch in Ruhe, mein lieber Junge. Ich weiß, was ihr fehlt."

„Vati – was fehlt ihr denn?"

„Sie hat großen Kummer und viele Sorgen, sie ängstigt sich um den Großvater, der schwer krank ist."

„Vati, dann möchte ich zu ihr gehen und ihr sagen, dass sie nicht länger weinen soll."

„Das ist lieb von dir, mein Junge, aber lass die Mutti jetzt in Ruhe", sagte der Vater in strengem Ton. „Störe sie nicht und sorge auch dafür, dass Peter und Rudi nicht in die Laube gehen. Karl, ich verlasse mich auf dich!"

„Ja, Vati. – Ach, ich bin so traurig, dass die Mutti weint!"

Der Vater hatte es eilig und entfernte sich. Langsam schritt Karl den Korridor zurück. Ob er Tante Waltraut benachrichtigen sollte, dass die Mutti weinte? Er fragte eine Schwester, die gerade über den Flur ging, wo die Tante zu finden sei.

„Sie hat sich vorhin ein wenig niedergelegt. Jetzt ist sie im Operationssaal, Karl. Dort darfst du sie nicht besuchen."

Schwer bekümmert ging Karl davon. Er schlich wieder in den Garten und bemühte sich, still und leise zu gehen. Aber es drängte ihn, in der Nähe der weinenden Mutter zu sein.

Puckis Weinen war leiser geworden. Von Zeit zu Zeit vernahm Karl freilich noch einen schmerzlichen Seufzer.

„Mutti – Pucki – Mütterchen – weine doch nicht! Du bist doch unser liebes Mütterchen! – Ach, Mütterchen, ach – ach ..." Schließlich begann Karl selber leise zu weinen. Um aber die geliebte Mutter ja nicht zu stören, entfernte er sich von der Laube, behielt sie jedoch im Auge. Das Leid der Mutter trieb auch ihm die Tränen in die Augen und er stammelte: „Du liebes Mütterchen, weine doch nicht so sehr!"

Plötzlich hörte er das Lärmen der Brüder. Da sprang er auf, eilte ihnen entgegen und versperrte ihnen mit ausgebreiteten Armen den Weg.

„Ihr seid ganz ruhig, die Mutti darf euch nicht hören!" Flüsternd setzte er hinzu: „Die Mutti weint."

„Die Mutti weint?“, wiederholte Peter leise fragend.

„Sie hat so viel Kummer. Wir dürfen sie nicht stören. Sie muss allein sein, hat der Vati gesagt, dann ist es wieder besser mit ihr. Keiner darf zu ihr!“

„Rudi will aber zur Mutti!“

„Nein, du bleibst hier!“

„Die Mutti soll nicht weinen“, sagte Peter kläglich.

„Ich will der Mutti sagen ...“

„Wir dürfen nicht zu ihr! Seid doch endlich still!“, mahnte Karl die Brüder.

„Rudi will aber zur Mutti!“

Da versetzte Karl dem kleinen Bruder ein paar Schläge auf das Hinterteil, worauf Rudi zu weinen begann.

„Jetzt weint er auch“, sagte Peter.

Rudi lief davon, dem Haus zu, um bei Emilie Trost zu finden.

„Geh ihm nach“, befahl Karl, „sonst fällt er noch auf der Treppe. Peter, geh, und sieh nach, was Rudi macht!“

Rudi war schnell in die Küche gelaufen. Dort war Emilie emsig bei der Arbeit. Sie wischte sich mit dem Taschentuch gerade den Schweiß aus dem Gesicht, denn es war heiß in der Küche. In diesem Augenblick kam Peter herein, der Rudi nachgelaufen war. Wortlos starrte er Emilie an, denn er glaubte nicht anders, als dass auch sie weinte. Und während Rudi dem treuen Mädchen sein Leid klagte, ging Peter mit tiefernstem Gesicht wieder davon. Er fand den Bruder im Garten und flüsterte ihm zu:

„Sie weint auch.“

„Ja, Mutti weint.“

„Nein, die Emilie!“

Erschreckt wandte Karl sich zum Bruder. „Sie weint auch? Dann ist es sehr schlimm in unserem Haus.“

„Ich will zur Mutti, um zu hören, warum sie weint.“

„Aber ganz leise!“

Nun schlichen die beiden Brüder lautlos näher an die Laube heran. Dort kauerten sie nieder, die Augen gespannt auf das dichte Weingerank gerichtet, hinter dem von Zeit zu Zeit ein schmerzlicher Seufzer zu hören war. Sobald aber Peter eine Bewegung machen wollte, legte Karl den Finger auf den Mund, zum Zeichen, dass er ganz still sein müsste. – So hockten die Knaben ein ganzes Weilchen. Das Schluchzen verstummte endlich, die Mutter hatte sich ein wenig beruhigt, trocknete die Augen und erhob sich langsam.

Die Knaben sahen sie aus der Laube treten, aber auch Pucki erblickte plötzlich die beiden Knaben, die im Gras kauerten. Sie sah das verweinte Gesicht von Karl und die Angst in den Zügen ihres Peterli.

„Nun, ihr kleinen Kerlchen, was macht ihr denn hier?"

Die freundliche Stimme der Mutter brachte Karl vollends aus der Fassung. Aufschluchzend warf er sich seiner Mutter in die Arme.

„Mutti ..." Mehr konnte er in seinem Schmerz nicht sagen. Als aber Pucki die Liebe und die mitfühlende Teilnahme ihres Kindes erkannte, wurden ihre Augen wieder nass und das war zu viel für Peter.

„Mutti – Mutti", begann er bitterlich zu weinen, „Peter ist so traurig, wenn du weinst."

„Du brauchst nicht traurig zu sein, mein lieber kleiner Peter, deine Mutti ist ja bei dir", tröstete Pucki ihren Jungen. In jedem Arm hielt sie einen der schluchzenden Knaben, als sie mit ihnen durch den Garten dem Haus zuschritt. Sie fühlte die überströmende Kindesliebe und war in all ihrem Schmerz doch glücklich in dieser Stunde. Trotz ihrer Tränen konnte sie nun wieder lächeln.

„Ihr lieben, lieben Kinder!", sagte sie. „Ihr habt eure Mutter gar so lieb getröstet, dass ihr nun wieder ein wenig leichter ums Herz ist. Nun braucht die Mutti nicht mehr zu weinen und ihr sollt es auch nicht. Eure Mutti weiß, dass sie liebe Kinder hat, und das macht sie froh."

Karl strich ihr zärtlich über die feuchten Wangen. „Mutti, ich bin traurig, wenn du weinst."

„Es ist ja wieder gut, mein geliebter Junge. Wir wollen den lieben Gott bitten, dass er den Großvater wieder gesund macht."

„Mutti, macht ihn denn der Vati nicht gesund?", fragte Peter.

„Das Leben eines jeden Menschen liegt in Gottes Hand, Peterli. Der liebe Gott allein hat darüber zu entscheiden. Die Mutti hat eben den lieben Gott herzlich gebeten, dass er dem Großpapa hilft."

„Mutti, dann bitten wir auch den lieben Gott, dann wird er doch helfen. – Mutti, ich habe gehört, wie du geweint hast, da musste ich auch weinen."

„Und ich musste auch weinen, Mutti, und die Emilie weint auch in der Küche."

„Das ist sehr traurig. – Wo ist denn Rudi geblieben?"

„Der weint auch, Mutti", rief Peter, „er hat von Karl Keile gekriegt."

„Dann ist es Zeit", sagte die Mutter, schmerzlich lächelnd, „dass ich mich nach euch umsehe. Aber nun weint nicht mehr; jetzt wischen wir uns die Tränen aus den Augen und sind wieder fröhlich."

„Ich bin schon wieder fröhlich", rief der kleine Peter.

Karl schritt still neben der Mutter einher. Seine Augen hingen unverwandt an ihrem Gesicht. „Ich bin noch nicht fröhlich, Mutti. – Und du bist auch noch nicht fröhlich. – Jetzt will ich den lieben Gott bitten, dass er den Großpapa gesund macht und dich wieder fröhlich."

HÜTE DEINE ZUNGE WOHL

Förster Sandler überstand die schwere Erkrankung. Zwar war er äußerst geschwächt und musste noch mindestens vierzehn Tage das Bett hüten, aber Lebensgefahr war nicht mehr vorhanden. Puckis Augen strahlten wieder heller und auch die Kinder freuten sich mit der Mutter, dass der Großvater bald wieder gesund würde.

Trotzdem wurde Pucki schon wieder von neuer Sorge erfasst. Am Krankenlager des Vaters war sie öfter längere Zeit mit ihrer jüngsten Schwester Agnes zusammengekommen, die seit mehr als einem Jahr mit Walter Niepel, einem jungen Gutsbesitzerssohn, verheiratet war. Pucki kannte den Mann ihrer Schwester genau, denn als Kind war er ihr Spielgefährte gewesen. Manch übermütiger Streich war im Niepelschen Gutshaus ausgeheckt worden. Umso mehr betrübte es sie, dass die Ehe der Schwester nicht so glücklich zu sein schien, wie sie es erhofft hatte. Vielleicht trug Agnes selbst die Schuld daran, denn sie war schon als Kind eigenwillig und eigensinnig gewesen. Nun klagte die Schwester über ihren jungen Ehemann, dass er sich nicht genügend um sie kümmere, sondern ganz in seiner Landwirtschaft aufginge.

„Aber das ist doch nur zu loben", wandte Pucki ein. Sie versuchte der Schwester vorzustellen, dass die Ehe nicht nur aus glücklichen Tagen bestünde. Aber Agnes zeigte dafür kein Verständnis. Immer wusste sie von einem neuen Streit zwischen ihr und ihrem Mann zu berichten. Sie hatten sich zwar stets wieder schnell vertragen, aber es war doch ein Stachel im Herzen der jungen Frau zurückgeblieben.

Pucki war selbst hinaus auf das Niepelsche Gut gefahren, um unauffällig die Friedensvermittlerin zu spielen. Sie fand an Walter eigentlich nichts auszusetzen. Er bedauerte es, dass Agnes so launenhaft sei und sich in ihrem Haushalt nicht befriedigt fühle. Trotzdem klang ganz deutlich durch all seine Worte seine große Liebe zu seiner jungen Frau. Und wieder versuchte Pucki, der Schwester ins Gewissen zu reden, aber Agnes hörte recht wenig auf die guten Ratschläge. So war Pucki voller Sorgen, denn sie wusste aus Erfahrung, dass es in jeder Ehe Unstimmigkeiten gab, die durch ein liebes Wort zur rechten Zeit schnell beseitigt werden konnten. Dieses liebe Wort fand Agnes aber leider nicht. So gab es Tage, an denen die jungen Eheleute nicht ein Wort miteinander sprachen.

Nun war heute Nachmittag Agnes sehr erregt zu Pucki gekommen, um ihr von dem neuesten Zerwürfnis mit ihrem Mann zu erzählen.

„Walter ist für acht Tage nach Berlin gefahren. Er sagte, es sei eine berufliche Reise. Ich wollte ihn begleiten, aber er verweigerte es mir. Es ist zu einem großen Streit gekommen und ich sagte ihm dabei, dass ich es bedaure, seine Frau geworden zu sein, und am liebsten wieder von ihm ginge."

„Agnes – wie konntest du solche Worte sprechen!"

„In heftigem Zorn sind wir voneinander geschieden."

„Und nun hast du Gewissensbisse? – Ach, Agnes, wie kann man im Zorn scheiden, wenn der andere für acht Tage fortfährt? Es könnte Walter etwas zustoßen und dein Leben lang müsstest du dir dann Vorwürfe machen. Du hättest ihm noch in letzter Sekunde ein liebes Wort sagen müssen."

„Warum immer ich? Er hätte es auch tun können."

„Vielleicht machte er doch den Versuch, den du in deiner Erregung nur nicht erkannt hast."

„Ja, das tat er, aber in so dummer Weise, dass ich nicht darauf eingehen konnte."

„Agnes, Walter hat dich sehr lieb."

„Das bezweifle ich."

„Ach, Agnes, ich bin älter und erfahrener als du, ich bin schon über neun Jahre verheiratet. Auch in meiner Ehe ist es mitunter zu kleinen Streitigkeiten gekommen. Ich glaubte manchmal, mein Glück anderswo suchen zu müssen als im eigenen Heim. Es war ein glücklicher Zufall, dass ich die Worte hörte, die Claus zu seiner Mutter sagte. Er hatte großes Verständnis für meine Schwäche und suchte meine törichte Handlungsweise auf jede Weise zu entschuldigen.

Er sagte, ich müsse mir erst klar darüber werden, dass es in der Ehe nicht nur Festtage gäbe, sondern dass der Alltag mit seinen vielen zwingenden Forderungen an jeden Menschen heranträte. Agnes, viele Frauen brauchen eine Zeit, um das wahre Eheglück zu erkennen. – Ich möchte dich bitten, Agnes: Denke an deine Pflichten und hoffe auf die Zukunft! Wenn erst einmal in deinem Heim ein süßer kleiner Junge oder ein blondlockiges Mädel schreit, dann sieht die Welt auch für dich ganz anders aus!"

„Ich bin der Meinung, dass eine Frau ruhig erst ohne Kinder ihr Leben genießen soll."

„Nein, Agnes, Kinder sind wie eine Sonne, die in jedes Haus strahlt. Ich war damals wirklich töricht, als ich hoffte, eine große Künstlerin zu werden, denn ich hatte schon einen süßen Jungen. Ich muss also anfangs eine recht schlechte Frau und Mutter gewesen sein. – Ach, liebe Agnes, wenn dich doch meine Worte zur Besinnung bringen könnten!"

Pucki wurde durch das Eintreten ihrer beiden ältesten Knaben unterbrochen. Flüchtig begrüßten sie Tante Agnes, dann baten sie:

„Mutti, kannst du nicht jetzt ein bisschen mit uns spielen?"

„Nein, Kinder, die Mutti hat Besuch und ihr habt zu warten. Sie kommt nachher zu euch."

„Mutti, dürfen wir im Nebenzimmer spielen?"

„Freilich dürft ihr das."

„Aber dann kommst du?"

„Bleibst du noch lange hier, Tante Agnes?", fragten die Kinder.

„Ja, noch ein ganzes Weilchen, ihr Rangen."

„Aber nach einem Weilchen kommst du doch zu uns, Mutti?"

„Natürlich, Peterli. Nun aber geht."

Die Knaben verließen das Zimmer. Agnes lachte spöttisch.

„Der Sonnenschein deines Hauses scheint dir oftmals auch Unruhe zu bereiten."

„Aber Agnes, das gehört dazu. Auch diese Unruhe, wie du sagst, ist beglückend. Mir gehören diese Kinderherzen. Wenn ich traurig bin, sind sie es auch und wenn ich mich freue, freuen sie sich mit mir. Viele glückliche Stunden, die einem nur durch Kinder bereitet werden, kann die Mutter haben."

„Aber auch Ärger und Sorgen."

„Das alles verblasst, Agnes. Ich habe durch meine drei Kinder Stunden ungetrübten Glückes gefunden. Lass dir erzählen, wie mich meine Kinder erst kürzlich zu trösten suchten, als ich wegen Vaters schwerer Krankheit ganz niedergeschlagen war."

Schweigend hörte Agnes dem Bericht der Schwester zu.

„Du magst ja recht haben, Pucki. Deine Ehe ist vielleicht glücklicher als die meine."

„Versuche nur für den anderen da zu sein, Agnes! Stelle deine Wünsche zurück. Walter ist ein guter Mensch. Vor allem aber, Agnes, schreibe ihm noch heute ein paar liebe Worte nach Berlin."

„Ich habe wenig Lust dazu."

„Agnes, bitte, tu es mir zuliebe! – Erinnerst du dich an das Gedicht, das wir einstmals in der Schule lernten? Als Kind erfasst man die ganze Wahrheit dieser Zeilen noch nicht. Ich muss oft daran denken. Weißt du noch:

Und hüte deine Zunge wohl,
bald ist ein böses Wort gesagt.
O Gott, es war nicht bös' gemeint!
Der andere aber geht und klagt."

„Lass mich, Pucki!"

„Nein, Agnes, du hast Walter zum Abschied ein hartes Wort gesagt. Du hast es dir gewiss nicht richtig überlegt und nicht so gemeint. In ihm klingen diese Worte aber noch lange nach. – Agnes, liebe Agnes, besinne dich doch!"

„Ich muss nun heimgehen, Pucki."

„Bleibe noch ein wenig hier, Agnes. Wir Schwestern hielten immer treu zusammen. Bitte, tu es mir zuliebe und schreibe noch heute ein paar liebe Worte an Walter!"

„Wenn er mir schreibt, werde ich ihm antworten."

„Lass uns sogleich eine Karte an ihn schreiben. Denke daran, liebe Schwester, dass ihm in Berlin ein Unglück geschehen könnte. – Dann ist es zu spät! Erlebt man es nicht oft genug, dass einer, dem man noch ein gutes Wort sagen möchte, plötzlich davongeht? Sein Leben lang denkt man dann trauernd an diese versäumte Gelegenheit. – Agnes, liebe, liebe Agnes, lass uns an Walter eine Karte schreiben! Er freut sich gewiss über einen lieben Gruß von dir!"

Im Laufe der nächsten zehn Minuten erreichte es Pucki wirklich, dass Agnes ihrem Mann einen freundlichen Gruß sandte. Pucki merkte deutlich, dass ihre gut gemeinten Worte nicht ganz auf fruchtlosen Boden gefallen waren.

Nachdem Agnes gegangen war, betrat Pucki das Nebenzimmer. Peter und Rudi spielten miteinander, Karl aber saß untätig dabei. Als Mutti sich zu den Kleinen setzte, trat er sofort an ihre Seite.

„Mutti, ich möchte dich einmal etwas fragen. Die beiden anderen dürfen aber nicht dabei sein."

„Freilich, Karlchen, wenn du mir etwas heimlich zu sagen hast, gehen wir sogleich hinüber ins andere Zimmer und du schüttest mir dein Herz aus."

Da die beiden anderen Knaben sich im Spielen nicht stören ließen, entfernte sich Pucki mit Karl.

„Mutti, können wir nicht hinüber in Vatis Zimmer gehen, damit uns Peter und Rudi ganz bestimmt nicht hören können?"

„Ist es denn etwas Schlimmes, Karlchen?"

„Anfangs war es gar nichts Schlimmes, aber jetzt ist es etwas Schlimmes geworden."

„Dann wollen wir hinüber in Vatis Zimmer gehen."

Als sie dort angekommen waren, schwieg Karl noch ein Weilchen. Endlich sagte er zögernd: „Mutti, wie war das schöne Gedicht, das du zu Tante Agnes gesagt hast? Du hast so laut gesprochen, dass ich es nebenan hörte."

Pucki wiederholte den Vers.

„Was bedeutet das, Mutti?"

„Man soll niemals ein böses Wort zu einem anderen Menschen sagen, der vielleicht verreist oder den man eine Weile nicht sieht. Es könnte sein, dass diesem Menschen ein Unglück zustößt. Dann trägt man sein Leben lang eine Schuld mit sich herum, weil man sich niemals mehr mit ihm aussöhnen kann."

„Mutti – so ist es auch mit mir."

„Wieso, Karlchen?"

„Mutti, du weißt doch, der Manfred Heiwer ist mein allerbester Freund. Wir sind uns immer gut, aber neulich haben wir uns furchtbar gezankt. Er wollte, ich sollte in ihrem Garten vom Dach des Schuppens springen und weil ich mir den Fuß verknackst habe, hast du mir verboten, zu springen. Darum bin ich nicht gesprungen. Da hat der Manfred gesagt, ich wäre ein Feigling. Ich bin aber kein Feigling, Mutti!"

„Nein, Karlchen, das bist du nicht, das hast du oft bewiesen. Im Gegenteil, es war gut von dir, dass du an das Verbot der Mutter gedacht hast."

„‚Feigling! Feigling! Feigling!', hat er gesagt. Dreimal hat er dieses Wort gesagt. – Mutti, da habe ich ihm ein paar gelangt und wir haben uns dann feste gehauen. Dann habe ich gesagt, er soll sich auch mal den Fuß verknacksen, dass er im Bett liegen muss. – Ja, Mutti, das habe ich ihm gewünscht! Und Ochse habe ich zu ihm auch noch gesagt und noch viele andere Schimpfworte."

„Schön war das gerade nicht, Karl. Ich hoffe aber, dass ihr euch bald wieder vertragen werdet. Wenn ihr euch morgen in der Schule trefft, versöhnt ihr euch und alles ist gut. Dann geht ihr gemeinsam nach Hause und seid wieder die besten Freunde."

„Das geht nicht, Mutti."

„Warum geht es nicht, Karlchen?"

„Als er Feigling zu mir sagte, das war am Dienstag. Am Mittwoch ist der Manfred nicht mehr in der Schule gewesen. Heute ist er auch nicht gekommen. Der Anton sagte, Manfred ist krank geworden und hat im Bett liegen müssen. Ach, Mutti, und ich hatte ihm doch gewünscht, dass er auch mal im Bett liegen muss – Mutti, nun ist er krank und das tut mir leid."

„Siehst du, Karlchen, man soll seine Zunge hüten. Aber hier weiß die Mutti einen Rat. Wir kaufen Schokolade, Karlchen, und damit gehst du zu Manfred, wünschst ihm gute Besserung und alles ist wieder gut. Es wäre hässlich von dir, wenn du deinem Freund ernstlich gewünscht hättest, dass er krank werden soll."

„Mutti, ich habe es wirklich nur so hingesagt. Manfred ist doch mein allerbester Freund. Es tut mir so leid, dass er krank ist."

„Wir wollen den Besuch nicht lange hinausschieben, mein lieber Junge. Noch heute gehst du zu Heiwers und verträgst dich wieder mit Manfred."

„Ja, Mutti, ich will ihm sagen, dass ich es nicht so gemeint habe."

„So ist es recht, mein lieber Junge. Manfred wird dann auch nicht mehr sagen, dass du ein Feigling bist, und ihr seid wieder die besten Freunde." Pucki kaufte für ihren Ältesten eine Tafel Schokolade und schickte ihn am Nachmittag zu Heiwers, denn sie ahnte, dass ihr gutherziger Junge durch seine unüberlegten Worte bedrückt war.

Karl kam sehr bald wieder zurück. „Mutti, ich darf nicht zu Manfred. Tante Heiwer hat mir gesagt, Manfred wird sehr krank werden, sie muss sehr vorsichtig sein. Niemand darf zu ihm kommen. Ich habe ihr die Schokolade gegeben und gesagt, sie soll Manfred grüßen und ich möchte nicht, dass er krank wäre, ich hätte es nicht böse gemeint."

„Das wird Tante Heiwer gern bestellen. Hoffentlich ist Manfred recht bald wieder gesund."

Am nächsten Tag fragte Karl die Mutter abermals, ob er zu Manfred gehen dürfte. „Nein, mein Junge, ich will selbst einmal nachfragen, was ihm fehlt. Mich wird Tante Heiwer wohl vorlassen und ich werde Manfred alles sagen. Ich werde ihm auch erzählen, warum du nicht vom Dach des Schuppens heruntergesprungen bist; dann wird er nicht mehr Feigling zu dir sagen."

„Mutti, ich möchte es Manfred so gern selber sagen. Dann ist alles wieder gut."

„Warte nur bis zum Abend, Karlchen, dann will ich sehen, ob du zu ihm gehen darfst."

Voller Unruhe wartete Karl auf die Rückkehr der Mutter. „Mutti, darf ich morgen zu ihm gehen?"

„Nein, mein lieber Junge. Manfred hat die Masern. Es darf niemand zu ihm gehen, weil das eine sehr ansteckende Krankheit ist."

„Mutti – ich will mich gern anstecken lassen, aber ich muss ihm sagen, dass ich es nicht böse gemeint habe. Bitte, lass mich nur ganz kurze Zeit zu ihm gehen!"

„Nein, Karlchen, das geht doch nicht. Seine Mutti hat ihm aber alles gesagt. Manfred ist dir nicht mehr böse."

Trotzdem gab Karl sich nicht zufrieden. Seine innere Unruhe wuchs von Tag zu Tag. Sehr oft lief er zum Heiwerschen Haus und schaute hinauf zu den Fenstern, hinter denen sein Freund lag – ob es nicht möglich war, dass er ihn sprechen konnte? Nur für ein paar Augenblicke wollte er zu Manfred gehen.

Karl betrat das Haus. Es war niemand zu sehen. Rasch huschte er die Treppe hinauf. Er wusste ja im Haus genau Bescheid. Dort drüben die zweite Tür ging ins Kinderzimmer. Leise drückte Karl die Klinke nieder. Richtig, da stand an der Wand Manfreds Bett, in dem der Kranke mit hochrotem Kopf lag. Die Mutter hatte das Zimmer für einige Augenblicke verlassen.

Karl trat an das Bett des Freundes. „Du – Manfred, ich habe es nicht böse gemeint. Es tut mir furchtbar leid, dass du krank bist. Ich würde gern für dich einen Tag im Bett liegen. – Manfred, bist du mir noch böse?"

„Schön, Karl, dass du zu mir gekommen bist", sagte Manfred matt. „Ich habe schon oft nach dir gerufen, aber die Mutter sagt, du darfst nicht zu mir kommen, sonst wirst du auch krank."

„Nun bin ich doch gekommen, denn ich bin kein Feigling, Manfred."

„Nein, Karl, du bist kein Feigling, ich habe es auch nur so gesagt."

„Bist du mir nicht mehr böse, weil ich mich mit dir geprügelt habe?"

„Ich bin dir nicht böse, du bist ja mein bester Freund."

Karl setzte sich auf Manfreds Bett und gab ihm die Hand. „Du wirst immer mein bester Freund sein", sagte er. „Und nun möchte ich, dass du bald wieder gesund bist. Wenn ich kann, komme ich wieder heimlich zu dir."

„Ach ja, komm bald wieder!"

„Ich komme bald wieder, Manfred. Gleich morgen, wenn die Schule aus ist. Und ich verkeile dich auch nicht mehr, du bist ja mein allerbester Freund!"

„Du bist kein Feigling, Karl, dich habe ich am allerliebsten von allen Jungen in der Schule."

Da öffnete sich die Tür des Zimmers und Frau Heiwer trat ein. „Karl, was willst du hier? Aber Junge, du darfst doch nicht zu deinem Freund kommen! Jetzt aber rasch hinaus!"

„Tante Heiwer, wir sind uns wieder gut! Ich habe nur meinen besten Freund mal schnell besucht."

„Flink aus dem Krankenzimmer, Karl! Manfred hat Masern, und du würdest sie auch bekommen, wenn du noch länger hierbleibst." Karl wurde schnell aus dem Zimmer geführt.

Frau Heiwer rief sofort durch den Fernsprecher Frau Gregor an und erzählte ihr, was vorgefallen war. Sie möchte wegen der Ansteckungsgefahr alle Vorsichtsmaßregeln gebrauchen. So empfing die Mutter ihren Ältesten draußen an der Haustür.

„Du bist ungehorsam gewesen, Karl!“, sagte sie.

„Ja, Mutti, aber ich wollte Manfred gern einmal besuchen. Er ist doch noch viele Wochen krank. Sei nicht böse, Mutti. Ich freue mich so, dass ich bei ihm gewesen bin. Ich bin auch kein Feigling mehr, Mutti, hat er gesagt.“

Pucki sagte nichts mehr. Sie begriff ihren Ältesten nur zu gut. Sie bereitete ihm ein Bad, machte ihm Gurgelwasser und brachte seine Kleidungsstücke fort, damit jede Ansteckung nach Möglichkeit verhütet würde.

Aber eine Masern-Epidemie griff in Rahnsburg mehr und mehr um sich. Schon drei Tage später klagte Karl über Kopfschmerzen; leichtes Fieber stellte sich ein.

„Ich habe es mir gleich gedacht“, sagte der Vater. „Rege dich nicht auf, ich glaube, dass du in wenigen Tagen nicht nur Karlchen, sondern auch unsere beiden anderen Jungen pflegen musst. Masern sind eine Kinderkrankheit, die jedes Kind durchmachen muss.“

„Lieber Claus, ich habe alles getan, was ich tun konnte.“

„Selbstverständlich, liebe Frau. Karl hat wieder einmal seinen Willen durchgesetzt. Er wollte ja für seinen Freund im Bett liegen, nun kann er es mehrere Wochen tun.“

Als Karl hörte, dass er Masern hätte, schaute er die Mutter mit einem glücklichen Ausdruck an. „Bitte, sage Manfred, dass jetzt alles wirklich wieder gut ist. Sage ihm auch, dass ich sein allerbester Freund bleibe.“

DIE BRIEFWAAGE

Der Vater behielt recht. Nicht nur Karl, auch Peter und Rudi legten sich mit Masern ins Bett, und Pucki übernahm die Pflege ihrer drei Knaben. Es war unmöglich, dass ihr Waltraut helfen konnte, weil in der Klinik zurzeit auch Kinder lagen, sodass Ansteckungsgefahr vorhanden war. Waltraut durfte daher nicht in das Privathaus kommen. Pucki lehnte es ab, eine Helferin anzunehmen, denn auf ihre gute Emilie konnte sie sich verlassen. Sie versorgte den Haushalt vortrefflich allein. So ging alles seinen geordneten Gang.

Während bei Peter und Rudi die Masern leicht auftraten, zeigten sie bei Karl einen schlimmeren Verlauf. Trotzdem war Karl der geduldigste der drei Kranken. Er beobachtete beständig die Mutter, die geräuschlos zwischen den Betten hin und her ging, immer mit einem lieben Lächeln auf dem Gesicht. Für jedes Kind hatte sie zärtliche Worte. Unermüdlich beantwortete sie die vielen Fragen von Peter und Rudi. Wegen der beiden jüngeren Kinder hatte sie keine Sorge, denn die Krankheit verlief gutartig, dagegen saß die besorgte Mutter häufig an Karlchens Bett und sah ihn kummervoll an.

„Du bist immer gut zu mir, Mutti", sagte Karl einmal. Zuweilen streichelte er zärtlich die Hand der Mutter und flüsterte matt: „Mutti, hat es der Manfred auch so gut? Ist der Manfred schon wieder gesund? Wenn du ihn siehst, sage ihm, dass er mein allerbester Freund ist."

Eines Tages fand Pucki in Peterlis Bett sechs Pferde aus seinem Pferdestall.

„Wo hast du die Pferde her, Peter?"

„Sie sind zu Peter gelaufen, um ihn zu besuchen", antwortete er.

„Peter, wo hast du die Pferde her?"

„Weiß nicht, Mutti. – Auf einmal waren sie hier. Sie haben sich mächtig gefreut, dass sie in mein Bett durften."

„Ich frage dich zum dritten Mal, Peter", sagte Pucki ernst, „wo hast du die Pferde her?"

Der Kleine sah ins Leere und sagte stockend: „Wirklich, Mutti, alle Pferde sind hergelaufen."

„Es tut mir weh, Peter, dass du deiner Mutti die Unwahrheit sagst. Dreimal habe ich dich gefragt – dreimal hast du die Unwahrheit gesagt. – Du sollst nicht aus dem Bett steigen, wenn du krank bist. Willst du, dass deine Mutti sich noch länger um euch ängstigen muss? Du kannst schwer krank werden, wenn du mit bloßen Füßen im Zimmer umherläufst. Ich habe es euch verboten und ich wünsche dringend, dass ihr euch nach meinen Worten richtet. Ich werde dich nicht mehr lieb haben, Peter, wenn du deine Mutter belügst."

Peter wollte schmeichelnd beide Arme um den Hals der Mutter legen, aber sie wehrte ab. Da griff Peter nach den Pferdchen, warf sie ins Zimmer und sagte reumütig:

„Mutti, nun sind sie wieder weggelaufen. Bitte, sei wieder gut!"

Aber Peter musste den ganzen Tag über merken, dass er seine Mutti tief gekränkt hatte. Da versprach er, nie wieder eine Unwahrheit zu sagen. Auch die sanften Ermahnungen der Mutter nahm er geduldig hin und war erst wieder froh, als sie ihm verzieh.

Alle nahmen regen Anteil an dem Befinden der Kinder. Die Großeltern schickten manches Päckchen mit Süßigkeiten; Großmutter Gregor schrieb außerdem liebevolle Briefe an ihre Enkelkinder, ebenso Onkel Eberhard, der Bruder des

Vaters, der gerade von einer großen Weltreise zurückgekommen war.

„Mutti, lies doch mal den Brief vor", bat Karl. „Onkel Eberhard schreibt immer so ulkig."

Da las Pucki einige Stellen aus dem Brief vor. Eberhard berichtete unter anderem, dass bei seiner Überfahrt ein blinder Passagier an Bord gewesen sei. Es war ein junger Mensch von siebzehn Jahren.

„Und blind ist er schon?“, fragte Peter.

„Nein, blind ist er nicht.“, sagte Pucki, „er ist ohne Fahrkarte ganz heimlich auf das Schiff gekommen und hat sich dort versteckt gehalten. Der Kapitän hat ihn vor der Abreise nicht gesehen.“

„Ach so, dann war der Kapitän blind.“

„Nein, Peter, in einem Augenblick, als niemand die Ein- und Ausgehenden beobachtete, ist der junge Mann heimlich auf das Schiff gegangen und hat sich dort bis zur Abfahrt des Schiffes versteckt.“

„Und dann hat er gesagt, er ist blind?“, fragte Peter.

„Nein, mein Junge, man nennt einen Menschen, der sich ohne Fahrkarte auf ein Schiff schleicht und sich dort so lange verborgen hält, bis das Schiff auf hoher See ist, einen blinden Passagier.“

„Wenn er nicht blind ist, Mutti, warum nennt man ihn nicht einen versteckten Passagier?“

„So könnte man natürlich auch sagen, Peter.“

„Warum kommt er denn aus dem Versteck, wenn er keine Fahrkarte hat?“

„Man hat ihn wohl gefunden, als man im Schiff etwas suchte.“

„Mutti, was hat man im Schiff gesucht?“

„Sei endlich still, Peter!“, rief Karl. „Mutti muss immerzu auf deine vielen Fragen antworten, das macht ihr keinen Spaß. Sei still!“

„Mutti“, drängte Peter weiter, „erzähle noch mehr von dem blinden Passagier! – Warum kommt er denn aus dem Versteck?“

„Weil er Hunger hat.“

Peter lachte verschmitzt. „Kommt dann der Kapitän und gibt ihm was zu essen? Oder kriegt er nichts?“

„Freilich bekommt er zu essen. Man kann ihn doch nicht verhungern lassen.“

„Mutti, da können doch alle armen Leute als blinder Passagier über das große Wasser fahren?"

So folgte Frage auf Frage. Es dauerte noch lange, bis Peter sich über den blinden Passagier ein wenig beruhigt hatte. Als Pucki später wieder an sein Bett trat, hatte er die Decke über den Kopf gezogen.

„Peter, was machst du schon wieder?"

„Ich bin auch ein blinder Passagier, Mutti, das hier ist das Schiff. Du bist nun der Kapitän, der kommt und bringt mir was zu essen."

„Du sollst ruhig im Bett liegen und dich nicht so viel bewegen, Peter. Willst du denn nicht gesund werden?"

Peter und Rudi waren längst auf dem Weg der Genesung, während es mit Karl nur sehr langsam bergauf ging.

Wenn Pucki glaubte, dass sie endlich mit einer dauernden Besserung rechnen konnte, trat wieder erneut Fieber auf, sodass die Sorgen kein Ende nehmen wollten. Auch Claus, der täglich seine Kinder besuchte, war mit dem Zustand seines Ältesten nicht zufrieden.

„Es wird gut sein, Pucki, wenn wir die beiden anderen Jungen aus dem Zimmer nehmen, damit Karl mehr Ruhe hat."

Da wurde an einem Vormittag ein Bote von Frau Heiwer zu Frau Gregor gesandt mit der Bitte, einmal zu ihr zu kommen. Manfred ginge es sehr schlecht, er verlange dringend nach seinem Freund Karl. Pucki wollte anfangs ablehnen, weil sie wegen der Ansteckungsgefahr nicht in ein anderes Haus gehen wollte. Aber schon am anderen Tag bat Frau Heiwer noch dringender und schilderte den Zustand ihres Kindes als äußerst ernst. – Da machte sich Frau Gregor auf den Weg, nachdem sie sorgsam alle Kleidungsstücke gewechselt hatte. Da im Heiwerschen Hause auch Masern waren, konnte sie schon einen Besuch wagen.

Mit großem Erschrecken sah sie Karlchens besten Freund matt und elend im Bett liegen. Zu den Masern hatte sich eine schwere Grippe gesellt. Frau Heiwer berichtete weinend, dass der Arzt dreimal täglich käme und sehr besorgt wäre. Kaum hatte Manfred Pucki erblickt, als er fragte, ob Karl auch gekommen sei.

„Nein, mein lieber Junge, er hat noch die Masern und muss im Bett bleiben. Er lässt dich vielmals grüßen."

„Tante Gregor", flüsterte der Knabe matt, als seine Mutter für einen Augenblick aus dem Zimmer gegangen war, „bleibst du hier?"

„Ein Weilchen will ich gern hierbleiben, Manfred."

Pucki rückte ihm die Kissen zurecht, wischte die Schweißtropfen von seiner Stirn und sprach leise und zärtlich mit dem schwer kranken Kind.

„Ich bin noch lange nicht wieder gesund", sagte Manfred.

„Aber lieber Junge, was redest du da! Du wirst bald wieder gesund. Der Onkel Doktor wird dir schon helfen!"

„Ich will dir ganz leise was sagen, Tante Gregor."

Tief neigte sich Pucki zu dem Kind nieder.

„Bring mir meine Briefwaage, Tante Gregor, bitte – bitte!"

„Gern, mein lieber Junge."

„Oh – du bist gut."

„Wo steht sie denn, Manfred?"

„Im Zimmer nebenan; in meinem Spielschrank. Ich will gern, dass die Briefwaage bei mir ist. Ich spiele so gerne mit ihr."

Diese Briefwaage, das wusste Pucki, war für Manfred der Inbegriff alles Schönen. Sein Vater, Rechtsanwalt Heiwer, wollte einstmals das verbogene Ding wegwerfen, da sie das Gewicht nicht mehr genau anzeigte.

Damals hatten gerade Karl und Manfred miteinander gespielt. Sie sahen die Briefwaage im Papierkorb liegen und jeder wollte sie haben. Manfred hatte sie dann behalten. Es gab für die beiden Knaben nichts Schöneres, als auf dem Teller der Waage Papier, Steine, Holzstückchen, kurzum alles, was sie fanden, abzuwiegen. Dabei gingen die beiden Flügel der Waage auseinander, und es sah aus, als sperre die Waage das Maul weit auf.

Dieses Aufsperren des Maules war so schön, dass die Knaben sich immer neu daran begeisterten. Die Briefwaage blieb das liebste Spielzeug für Manfred. Keiner konnte es begreifen, aber es war so.

Pucki holte die Briefwaage herbei. Manfred schaute sie glücklich mit seinen fieberheißen Augen an. „Sieh doch", sagte er, „wie sie das Maul aufreißt! Als ob sie schreit. Tipp mal drauf."

„Aber nur einmal, Manfred, dann stellen wir die Briefwaage hier auf deinen Nachttisch neben dein Bettchen. – Du hast ein sehr heißes Köpfchen."

„Ich bin auch so müde, Tante Gregor."

Während Frau Gregor die Briefwaage noch in Händen hielt, betrat Frau Heiwer wieder das Zimmer.

„Was soll das?", rief sie erregt.

„Mutti, bitte, lass mir doch mein schönstes Spielzeug!"

„Du bist krank, Manfred, du darfst nicht spielen."

Über das eben noch frohe Kindergesicht ging eine tiefe Traurigkeit. Dann kamen ihm die Tränen in die Augen.

„Nicht weinen, Manfred", sagte Pucki, „wenn du gut ausgeschlafen hast, gibt dir die Mutti das Spielzeug wieder ins Bett."

„Nein", sagte Frau Heiwer, „du sollst ganz ruhig liegen und dich schonen."

Als Pucki gehen wollte, griff Manfred angstvoll nach ihrer Hand. „Komm doch wieder, Tante Gregor, du bist immer so lieb. – Du, Karl hat gesagt, du bist sein liebes Mütterchen.

Das ist schön.“ Und mit einem scheuen Blick auf die Mutter flüsterte der kranke Knabe: „Ich sage auch mal ‚mein Mütterchen‘ zu dir. – Nun komm bald wieder.“

Frau Heiwer begleitete ihren Gast hinaus. Draußen entschuldigte sich Frau Gregor wegen ihres eigenmächtigen Vorgehens. „Ich wusste ja nicht, Frau Heiwer, dass ich in Ihren Augen ein Unrecht beging. Ich dachte an meine Kinder; ich hätte ihnen gewiss diesen Wunsch erfüllt.“

„Manfred ist sehr krank, Frau Gregor.“

„Er hat sich sehr über die Briefwaage gefreut. Gerade weil er sehr krank ist, glaubte ich, ihm diese Freude machen zu müssen. Seien Sie mir nicht böse, Frau Heiwer.“

„Sie meinen es gut, liebe Frau Gregor. Sie haben eine ganz andere Art, mit Ihren Kindern umzugehen; ich verstehe es wohl nicht so gut. Und doch habe ich meine Kinder über alle Maßen lieb. – Wenn Sie meinen, dass ihm das Spielzeug nichts schadet, will ich ihm die Briefwaage lassen.“

„Ich glaube, es wird Manfred sehr freuen.“

Frau Heiwer drückte Pucki herzlich die Hand. „Man weiß überall, was Sie für eine gute Mutter sind. Manfred soll sein Spielzeug haben.“

Zwei Tage später wurde Frau Gregor durch den Fernsprecher wieder zu Heiwers gerufen. Es ginge mit Manfred zu Ende, hieß es, er verlange dringend nach Pucki, er riefe im Fieber nach ihr, sie möge bald kommen.

Pucki suchte ihren Mann auf. „Geh nur hin, Pucki, das Kind wird nicht mehr lange am Leben sein. Es geht wohl mit ihm zu Ende. Da er dich noch einmal sehen will, erfülle ihm den Wunsch. Er hat dich gewiss sehr gern.“

Schweren Herzens machte sich Frau Gregor auf den Weg. Sie fand eine in Tränen aufgelöste Mutter und einen todkranken Knaben. Trotz des hohen Fiebers erkannte Manfred die geliebte Tante Gregor sofort. Sie stand an seinem Bettchen neben Frau Heiwer, die vor Schmerz kaum sprechen konnte. Als Pucki einen Schritt nach rückwärts machte, rief der Knabe ängstlich:

„Geh nicht fort, damit die bösen Tiere nicht wiederkommen. – Bleibe hier!"

Pucki hielt die kleine Kinderhand in der ihren und befühlte die heiße Stirn.

„Ich will eine neue Kompresse holen", sagte Frau Heiwer leise und eilte davon.

„Mütterchen", flüsterten die Kinderlippen, „ist mein bester Freund wieder gesund?"

„Noch nicht, Manfred, aber es geht ihm viel besser."

Dann lag der Knabe wieder still in den Kissen, während ihm die Mutter die kühlende Kompresse auf die Stirn legte. Schwer ging sein Atem.

„Du wirst wieder gesund werden, kleiner Mann. Tante Gregor kommt oft, um dich zu besuchen. – Soll die Briefwaage das Maul wieder einmal ganz weit aufreißen?"

„Bleiben Sie bitte noch hier", flüsterte Frau Heiwer, „ich will den Arzt noch einmal rufen. – Ich habe furchtbare Angst, der Arzt muss sofort kommen."

„Soll ich es lieber tun?", fragte Frau Gregor ebenso leise zurück.

„Nein, ich will selbst anrufen. Bitte, nehmen Sie für einen Augenblick meinen Platz am Bett des Kindes ein."

Nun saß Pucki auf dem Stuhl und sprach sanft und leise mit dem Kranken. Da sagte er: „Tante Gregor – ich schenke meinem besten Freund – das schöne Spielzeug. – Sage ihm das. – Der Mutti – habe ich es auch schon gesagt. – Ich gebe es ihm gern. – Wenn ich – aber wieder gesund – werde – behalte ich – es. – Ich bin – so müde."

Die letzten Worte waren wie gehaucht.

„Nicht mehr sprechen, ganz still liegen“, sagte Pucki sorgenvoll und schaute zur Tür. „Im Schlaf kommen die lieben Englein zu dir und jagen die böse Krankheit fort. Dann wirst du gesund werden und kannst wieder mit Karl spielen.“

„Mein – allerbester – Freund.“

Pucki atmete befreit auf, als Frau Heiwer das Zimmer wieder betrat. Sie saß am Bett ihres Jungen und betrachtete voller Angst das immer schwächer werdende Kind. Leiser und leiser ging der Atem.

Plötzlich streckte sich der kleine Körper. Da fuhr Frau Heiwer verstört auf.

„Er stirbt!“, rief sie schmerzerfüllt.

„Er schlummert sanft hinüber.“

„Mein Junge, mein geliebter Junge ...“, schluchzte Frau Heiwer auf.

„Still doch, still“, flehte Frau Gregor.

„Wo bleibt der Arzt?“, rief Frau Heiwer ängstlich.

„Mein Jungchen!“

Aber Manfred schien nichts mehr zu hören. Er lag friedlich in den Kissen, die Augen geschlossen.

„Mein Mann muss kommen ...“, jammerte die arme Mutter.

Pucki ging zur Tür, gab dem Hausmädchen hastig Bescheid und kehrte dann leise ins Zimmer zurück. Frau Heiwer kniete an Manfreds Bett und hatte den Kopf in die Kissen vergraben. Mit wehem Herzen betrachtete Frau Gregor die verzweifelte Mutter. Sie musste an ihre eigenen Kinder denken und konnte den Schmerz der Mutter nur zu gut verstehen. Ein Kind zu verlieren, ist wohl das Schwerste, was einer Mutter geschehen kann.

Als Rechtsanwalt Heiwer kam, ging Pucki leise hinaus. Traurig trat sie den Heimweg an. Schon eine Stunde später erhielt sie die Nachricht, dass Manfred ohne jeden Kampf sanft entschlafen war. Pucki weinte bitterlich. Den Kindern durfte sie ihren Schmerz nicht zeigen. Besonders Karl würde sie sofort nach dem Freund fragen. Ihm wollte sie die traurige Nachricht zunächst noch verschweigen.

Und wirklich, kaum stand Pucki am Bett ihres Ältesten, als er sich sogleich nach dem Freund erkundigte.

„Mutti, ist Manfred wieder gesund?"

„Nein, Karlchen, Manfred ist noch krank. Ich denke aber, dass ihr beide bald wieder aufstehen könnt. Mache dir keine Sorgen um ihn, Karlchen."

„Mutti – ich habe vorhin weinen müssen, als ich an ihn dachte. Kann er nicht mal zu mir kommen?"

„Später, Karlchen, erst muss er gesund werden."

Langsam ging es mit Karl besser. Am Tag, als Manfred beerdigt wurde, meinte Doktor Gregor, das Schwerste sei nun wohl überstanden, man könne damit rechnen, dass Karl in vierzehn Tagen wiederhergestellt sei.

Pucki hielt die Briefwaage Manfreds in Händen. Frau Heiwer hatte ihr das Spielzeug gesandt. Sie wusste, dass es der todkranke Knabe für seinen liebsten Freund bestimmt hatte. Sie glaubte, Karl damit eine ganz besondere Freude zu machen, wenn sie ihm, der der Genesung entgegenging, dieses Spielzeug brachte.

„Schau her, Karlchen, dein bester Freund hat dich so lieb, dass er dir sein schönstes Spielzeug schickt. Er gibt es dir gern."

„Ach, die schöne Briefwaage!" Karlchen drückte sie erfreut an die Brust.

„Freut sie dich?"

„Ja, Mutti – aber warum schickt er mir die Briefwaage? Er hat sie doch selber so gern?"

„Seinem besten Freund schenkt man immer das, was man am liebsten hat", sagte Pucki.

„Mutti, bitte, gib sie ihm wieder. Er mag sie so gut leiden. Ich freue mich ja sehr, aber ich will ihm das schönste Spielzeug nicht fortnehmen. Nur heute will ich damit spielen."

„Du sollst sie behalten, Karlchen, für immer."

Vielleicht klang in Puckis Stimme etwas, das Karl stutzig machte. „Mutti", sagte er angstvoll, „wird der Manfred wirklich bald gesund?"

„Du sollst auch bald wieder gesund werden, Karlchen", umging Pucki die Frage. „Lege dich jetzt schön hin, die Mutti bringt dir eine Tasse Kakao."

Eine merkwürdige Unruhe hatte Karl erfasst. Schließlich hielt es Pucki für ratsam, die Briefwaage wieder wegzustellen.

„Wenn ihr beide wieder gesund seid, könnt ihr untereinander ausmachen, wer sie haben soll."

Peter und Rudi durften schon wieder draußen spielen, als sich Karl zum ersten Mal vom Krankenlager erhob. Am Arm der Mutter ging er in der Stube umher, durfte zum Fenster hinaussehen und begrüßte Frau Mahler, die im Garten arbeitete. Pucki erlaubte es ihm sogar, am geöffneten Fenster zu bleiben, damit er den Garten mit den schönen Blumen sehen konnte.

Da saß der Knabe nun, und das schmal gewordene Gesicht färbte sich vor Freude rot, wenn er unten bald diesen, bald jenen vorübergehen sah. Wenn nur erst Manfred zu ihm käme, damit er mit ihm spielen konnte!

Eines Nachmittags, als Karl wieder am geöffneten Fenster saß, erlauschte er unten ein Gespräch zwischen Frau Mahler und Emilie. Karl beugte sich weit hinaus.

„Einen Kranz muss ich noch winden", sagte Frau Mahler. „Frau Doktor Gregor will heute zum Grab des kleinen Manfred gehen. Es soll ein Kranz von Blumen aus unserem Garten sein."

„Was haben Sie gesagt?", fragte von oben her erschreckt die Knabenstimme.

Die Gärtnersfrau, die nicht ahnte, dass man Karl bisher den Tod seines Freundes verschwiegen hatte, sagte ahnungslos: „Für deinen lieben Freund winde ich einen schönen Kranz."

„Manfred – Manfred ist tot?"

Nun erst merkte Frau Mahler, was sie angerichtet hatte. Sie versuchte sich herauszureden, aber schreckensbleich forschte Karl nochmals: „Manfred ist tot?"

„Musst nicht traurig sein, Karlchen, der liebe Gott hat ihn zu sich genommen."

Karl verschwand vom Fenster. Es war ihm plötzlich glutheiß geworden. Er wusste kaum noch, was er tat, er begriff nur das eine, dass sein Freund Manfred nie mehr zu ihm kommen würde. Er lag ja im Grab. Wenn jemand erst dort unten lag, kam er nie wieder.

„Mutti!", rief er mit zitternden Lippen, „Mutti!" Als die Gerufene nicht kam, weil sie in der Küche war und sein Rufen nicht hörte, taumelte Karl aus dem Zimmer.

Wieder rief er im höchsten Schmerz: „Mutti!"

Da hörte Pucki das Rufen. Sie eilte hinaus auf den Flur und sah das blasse Gesicht ihres Kindes, das sich in ihre Arme flüchtete.

„Mutti – ist der Manfred tot?"

Wortlos drückte die Mutter den Knaben an sich. Sie fühlte das Beben, das durch den Körper ihres Kindes lief.

„Karlchen, liebes Karlchen ..."

„Manfred ist tot", wiederholte der Knabe erschauernd.

Die Mutter führte ihn ins Zimmer zurück, nahm ihn auf ihren Schoß, fasste seine Hände und sprach beruhigend auf ihn ein. Sie erzählte Karl, wie ruhig und friedlich Manfred von der Erde gegangen sei, dass er in seiner letzten Stunde an seinen besten Freund gedacht und ihm zum Andenken sein liebstes Spielzeug geschenkt hätte.

Ergriffen weinte Karl vor sich hin. Dann verlangte er nach der Briefwaage. Als er sie in den Händen hielt, flossen seine Tränen noch reicher.

„Mutti, ach, Mutti, Manfred kommt nicht wieder!"

Zärtlich nahm er die Briefwaage in die Hände, und sein Schmerz wollte nicht linder werden.

„Nicht weinen, Karlchen", sagte Pucki und dachte daran, wie einst Karl sie in ihrem großen Schmerz ebenso getröstet hatte. Der Knabe konnte sie damals nicht weinen sehen, wie auch ihr nun der kindliche Schmerz um den Freund tief ins Herz schnitt. „Mein Junge, mein geliebter Junge, du hast deine Mutti einmal gar so lieb getröstet, als sie weinte. Heute muss dich nun deine Mutti trösten. Manfred ist von allem Schmerz, von allem Leid erlöst, er schläft sanft und friedlich. Nun ist er schon oben im Himmel und schaut auf dich herab. Er wird auch dort oben seinen besten Freund nicht vergessen."

Am Abend dieses Tages nahm Karl die Briefwaage mit ins Bett. Als ihm die Eltern gute Nacht sagten, waren seine Wangen wieder nass.

„Ich denke immerfort an meinen besten Freund. Ich werde auch für ihn beten, Mutti, damit er mich im Himmel nicht vergisst."

„Ja, Karlchen, tue das!"

EIN BESUCH IM WAISENHAUS

Karl hatte seine Krankheit endlich überstanden und durfte wieder die Schule besuchen. Still und traurig saß er auf seinem Platz. Er dachte an den toten Freund, der nie wieder neben ihm auf der Bank sitzen würde, der nicht mehr mit ihm spielen konnte. Er empfand zum ersten Mal in seinem Leben die große Lücke, die der Tod reißen kann.

Pucki musste ihren Ältesten noch sehr oft trösten. Sie ging auch oft mit Karl hinaus zum Friedhof, denn Karl wollte seinem allerbesten Freund immer wieder Blumen bringen. Pucki überlegte lange, wie es wohl gelänge, in Karl die düsteren Eindrücke etwas zu verwischen. So hatte sie das Kind in letzter Zeit mehrfach zu Bekannten mitgenommen und auch Ausfahrten mit ihm gemacht, um dem Knaben Zerstreuungen zu bieten. Daheim saß er aber dann oft wieder still in der Ecke des Kinderzimmers, die Briefwaage vor sich, und rührte sich nicht. Einmal war Peter hinzugekommen und wollte mit der Briefwaage spielen, aber da fuhr ihn Karl schroff an und verbot ihm mit blitzenden Augen, sein Spielzeug anzurühren. Als Peter trotzdem danach greifen wollte, stürzte sich der sonst ruhige Junge auf den jüngeren Bruder und versetzte ihm einige kräftige Schläge.

„Das ist mein Eigentum, die Briefwaage gehört mir! Ich zerbreche dir den Pferdestall, wenn du mein Spielzeug anrührst!" Bald tat es ihm wieder leid, dass er so heftig geworden war, und er schenkte dem Bruder eine Rolle Draht, die er kürzlich gefunden hatte.

Die Eltern versuchten öfter, in Karlchen die Liebe zu dem „Afrika"-Spiel neu zu wecken, um ihn wieder auf fröhliche Gedanken zu bringen. Der Vater brachte seinem Sohn sogar ein hölzernes Papiermesser mit, das sollte sein Buschmesser sein, wie er sagte. Auch einen Tropenhelm aus Pappe hatte er irgendwo beschafft. Für einen Augenblick strahlten die blauen Kinderaugen, dann meinte Karl kläglich: „Vati, wenn der Manfred noch da wäre, würde ich ihm Messer und Tropenhelm borgen. Wir könnten dann schön damit spielen."

Der Vater, der genau wusste, wie es in dem Kinderherzen aussah, erklärte sich gern bereit, am Nachmittag mit seinen drei Jungen „Afrika" zu spielen. Er hatte innigstes Mitgefühl mit seinem Ältesten und wollte alles daransetzen, um den Schatten von der Kinderseele zu nehmen.

So gingen sie denn am Nachmittag in den Garten. Dr. Gregor und seine drei Jungen. Karl trug stolz den Tropenhelm, schwenkte das Buschmesser in der einen Hand und hielt die Fangschlinge in der anderen. Auch der Vater trug einen ähnlichen Helm, auch er war mit Buschmesser und Fangseil ausgerüstet.

„Wir sind nun auf einer Safari in der Steppe", sagte Dr. Gregor.

„Wir wollen auch solche Hüte und Stricke haben, um Tiere zu fangen", riefen Peter und Rudi.

Aber der Vater wehrte ab: „Ihr seid die wilden Tiere, die wir beschleichen."

„Nein, Rudi will nicht gefangen werden – Rudi will nicht Affe sein."

„Brauchst du auch nicht", beruhigte Karl, der allmählich Freude an dem Spiel bekam, „du bist eine Giraffe mit dem langen Hals."

„Jawohl", sagte der Vater, „wir holen eine lange Stange und stecken einen Strohhut darauf." Damit ging er davon und kam bald mit einer Stange und einem alten Strohhut zurück.

Rudi musste die Stange in die Hand nehmen und ins Gebüsch kriechen.

„Eine Giraffe!“, rief Karl, von Jagdeifer gepackt, als er den merkwürdigen Giraffenkopf über den Sträuchern erblickte.

„Ich will auch was sein!“, schrie Peter und bestürmte den Vater: „Wenn ich da auf den Baum klettern darf, bin ich der Affe. Dort könnt ihr mich nicht fangen!“

„Nur zu, Peter! Aber vorsichtig, damit du nicht herunterfällst. Der Baum ist ja nicht hoch.“

„Aber kriegen und fangen tut ihr mich doch nicht.“

So ging das Spiel in großer Fröhlichkeit weiter. Das laute Lachen der Kinder war weit zu hören und lockte Pucki herbei.

„Wenn du dich schwarz anmalst, darfst du mitmachen“, meinte Karl. „Du bist dann Itutu!“ Aber Pucki wehrte lachend ab. Sie beschränkte sich auf das Zuschauen, wie Giraffe und Affe schließlich gefangen wurden.

Auch zwei Kranke der Klinik, die im Garten spazieren gingen, sahen das Spiel und schüttelten die Köpfe. Von dieser Seite kannten sie ihren Arzt noch nicht. Er war wohl immer freundlich und liebenswürdig, aber so übermütig wie hier hatte er noch niemals gelacht.

Ja, er freute sich sehr drüber, dass Karlchen wieder sein frohes Gesicht zeigte. Wohl galten seine Gedanken noch häufig dem toten Freund, aber im Spiel vergaß er einmal seinen Kummer.

Nach einigen Tagen erzählte Pucki den Kindern vom Waisenhaus.

„Die Kinder, die im Waisenhaus sind“, sagte sie, „haben weder Vater noch Mutter. Ich habe mir gedacht, dass wir einmal zusammen einen Besuch im Waisenhaus machen und uns die siebzehn Kinder ansehen, die dort untergebracht sind. Die Vorsteherin hat heute gerade bei mir angefragt, ob wir nicht ein wenig Spielzeug für das Waisenhaus abgeben könnten. – Wollen wir sogleich einmal nachsehen, womit wir die Kinder erfreuen können?"

„Mutti – meine Briefwaage brauche ich doch nicht herzugeben?"

„Nein, mein lieber Junge, die sollst du behalten für alle Zeiten."

„Ich will gern alles andere hergeben, Mutti, alles, was ich besitze, nur die Briefwaage möchte ich behalten!"

„Wie wäre es, wenn wir heute Nachmittag gegen fünf Uhr ins Waisenhaus gingen und einen Korb voll Spielsachen mitnähmen? Ihr habt so viele Sachen, mit denen ihr nicht mehr spielt, und ihr bekommt immer wieder neue; da gebt ihr gewiss gern etwas ab."

„Ja, Mutti, wir wollen gleich mal nachsehen!"

Auch Peter und Rudi wurden aufgefordert, von ihren Spielsachen etwas abzugeben. Rudi begann sofort zu schreien: „Rudi gibt nichts! Rudi will alles behalten!"

„Das ist nicht schön", tadelte die Mutter.

„Rudi hat alle seine Spielsachen lieb: das schöne Lämmchen, den Hund, die Muhkuh – der Rudi gibt nichts!"

„Ich gebe alles her", sagte Peter, „dann schreibst du an Tante Mary und Onkel Eberhard, sie sollen wieder mal eine Kiste mit schönen neuen Spielsachen schicken. Mutti, schreibe Tante Mary, ich wünsche mir ein Fahrrad und ein anderes Schaukelpferd mit einem langen Schwanz. Das Pferd ohne Schwanz kann das Waisenhaus haben."

„Du bist recht unbescheiden, Peter. Zerbrochene Sachen schenken wir überhaupt nicht fort, das merke dir."

„Mutti, das Pferd ohne Schwanz ist gerade schön und die große Kuh ist in zwei Teile zerbrochen. So können gleich zwei Kinder damit spielen. – Mutti, die Kuh nehmen wir mit, die Kinder im Waisenhaus freuen sich. Und dann schreibst du an Onkel Eberhard. – Mutti – oh, und weißt du, was ich möchte?"

„Was willst du schon wieder haben, Peterli?"

„So ein Ratterrad, das so viel Krach macht, wenn es fährt, und so schön pufft und stinkt. – Mutti, das wünsche ich mir!"

„Ach, dazu bist du ja noch viel zu klein, Peter", sagte Karl. „Motorräder sind nur für große Leute. – Mutti, wenn ich in zwei Jahren groß bin, bekomme ich dann ein Motorrad?"

„Nein, Karlchen, du hast ja dein Fahrrad."

„Aber ein Motorrad ist viel schöner, Mutti!"

Pucki klatschte in die Hände. „Jetzt wird das Spielzeug zusammengesucht und dabei gedacht: Einen fröhlichen Geber hat Gott lieb!"

Peter räumte sofort seinen Spielschrank aus und begann, jedes Stück der Mutti vor die Füße zu stellen. „Hier hast du was! Das mag ich nicht – das auch nicht! – Mutti, der Peter gibt alles her."

„Peter, den Kaufmannsladen hat dir Onkel Eberhard doch während deiner Krankheit geschenkt. Willst du ihn nicht behalten?"

„Nee, Mutti, beim Onkel Puche steht einer, der ist größer, den will ich haben. Das schreibst du der Tante Mary. So ein Kaufmannsladen wie der hier ist mir viel zu klein. Den können die Waisenkinder haben. Die freuen sich und ich freue mich nicht mehr."

Karl war schon vorsichtiger beim Auswählen. Wohl brachte er allerhand Spielzeug heran, nahm es aber nach kurzer Zeit wieder fort.

„Karlchen, was hast du in diesem großen Pappkasten?", fragte die Mutter.

Schützend breitete er die Hände darüber aus. „Davon kann ich gar nichts geben, Mutti, das brauche ich alles. Bitte, bitte, lass es mir!“

„Aber einmal hineinsehen darf ich doch, nicht?“

„Ja, Mutti, das sind alles sehr schöne Sachen.“

Pucki nahm den Deckel von dem Pappkasten ab. In der Schachtel lagen Blechdosen, Bieruntersätze aus Pappe, krumme Nägel, Bindfaden, Draht, Murmeln, ein abgebrochener Büchsenöffner, ein Blechlöffel und andere wertlose Dinge, die Karl sorgsam zusammengetragen hatte.

„Mutti, bitte, lass mir das! Meine Freunde bringen mir immer etwas, und ich schenke ihnen dafür eine Birne oder einen Apfel. Wenn ich erst groß bin, Mutti, baue ich mir daraus ein Flugzeug oder ein Auto oder einen Rundfunkkasten. – Das können die Kinder aus dem Waisenhaus nicht.“

Lachend schloss Pucki wieder den Pappkasten. „Das kannst du gern behalten, Karlchen. Aber deine Äpfel und Birnen, die du zum Frühstück mitbekommst, sollst du für solche wertlosen Dinge nicht eintauschen.“

„Ich verkeipel sie doch nur!“

„Was machst du?“

„Ich keipele, Mutti!“

Frau Gregor strich sich mit der Hand über die Stirn. Wie lange hatte sie dieses Wort nicht mehr gehört, das so viel wie eintauschen bedeutete! Damals, als sie mit den Niepelschen Drillingen zur Schule ging, wurde auch gekeipelt. So manches Bildchen hatte sie damals eingetauscht. In der ganzen Schule wurde gekeipelt und so, wie sie es als kleines Mädchen gemacht hatte, so machten es heute nun ihre Kinder auch.

Endlich war ein ansehnlicher Berg Spielsachen zusammengetragen. „Nein“, sagte die Mutter, „Peterli, mit dir bin ich gar nicht zufrieden. Ich weiß bestimmt, dass du morgen nach deinem Pferdestall jammerst oder das kleine Auto zurückhaben willst. Auch das Segelschiff bleibt hier. Du willst morgen auch wieder spielen, dann hast du nichts."

„Ach, Mutti, dann schreiben wir an Onkel Eberhard", meinte er listig.

Pucki traf unter den Spielsachen eine genaue Auswahl.

Es war schließlich doch eine Menge, was für die Kinder des Waisenhauses bereitgestellt war. Erst jetzt sah sie, wie viel überflüssiges Spielzeug ihre drei Kinder hatten. Sie nahm sich vor, die Großeltern, Schwager Eberhard und dessen Frau Mary herzlich zu bitten, das allzu reichliche Schenken in Zukunft einzuschränken. Man leistete damit den Kindern keinen Dienst, man verwöhnte sie nur und machte sie anspruchsvoll. Karl schätzte seinen Pappkasten mit dem alten Kram anscheinend weit höher als sein teures Spielzeug.

Beladen mit den Spielsachen, wanderten Mutter und Kinder am Nachmittag zum Waisenhaus.

„Mutti, die Kinder werden sich aber freuen", meinte Peter, „wenn sie das viele Spielzeug sehen."

„Mutti", fragte Karl, „wenn jetzt die Frau Oberin kommt, müssen wir dann wieder ‚Frau Oberin' sagen?"

„Das Waisenhaus hat keine Oberin, nur eine Leiterin, die dem ganzen Haus vorsteht. Sie heißt Frau Birgolf und ist eine liebe und gute Dame, die von allen Kindern geliebt wird."

„Dann spielt sie sicherlich schöne Sachen mit den Kindern und nicht so langweiliges Zeug wie unsere Oberin damals."

Pucki lenkte das Gespräch schnell ab. Sobald die Oberin erwähnt wurde, trat in die Gesichter ihrer Kinder ein ängstlicher Zug. Sie konnten die Art des sonst so ehrenwerten Fräuleins Radill nicht vergessen. Vor etwa einem halben Jahr war ein Brief von ihr gekommen; ganz verängstigt hatten die Knaben gefragt, ob die Frau Oberin etwa wieder herkäme.

Wie froh waren sie, als ihnen der Vater erklärte, sie sei weit fort und käme nicht!

Als sie im Waisenhaus ankamen, schallte aus dem Garten frohes Lachen. Dort spielten die Kinder. Karl schaute die Mutter fragend an: „Sie haben keinen Vati und keine Mutti und sind doch so froh? – Ich würde nicht froh sein, wenn ich keine Mutti hätte."

„Die Kinder haben es hier so gut, dass sie wirklich froh sein können, Karlchen."

Die Leiterin des Waisenhauses, Frau Birgolf, kam Frau Gregor freundlich entgegen. Sie ähnelte in nichts einer strengen Oberin. Sie hatte eine warme, weiche Stimme und lustige Augen, verstand es sofort, das Vertrauen der Kinder zu gewinnen und freute sich sichtlich über die schönen Spielsachen.

„Ist das aber schön! Und das wollt ihr nun meinen Kindern schenken?"

„Ja, alles!"

„Habt vielen Dank! – Wie viel Freude wird das Spielzeug bereiten! So schöne Sachen haben wir bisher noch nicht gehabt."

„Ich kriege noch viel schönere", sagte Peter. „Ich habe eine Tante, die hat tausend Mark und noch viel mehr. Die schickt mir, was ich haben will. Ich bringe später noch mehr her!"

„Das hübsche Kegelspiel wollen wir sogleich mit in den Garten nehmen und aufstellen. Alles andere wird zu Geburtstagen geschenkt oder für Weihnachten aufgehoben."

Dann gingen alle in den Garten. Karl konnte sich über die fröhliche Schar nicht genug wundern. Die Kinder trugen auch keine schwarzen Kleider, sie lachten und lärmten durcheinander und kein einziges schien daran zu denken, dass es keine Eltern mehr hatte.

Das Kegelspiel wurde mit hellster Freude begrüßt. Karl fühlte sich sehr glücklich, dass er durch dieses Geschenk den Waisenkindern so große Freude gemacht hatte.

Die Leiterin fragte Frau Gregor, ob sie mit ihr ins Haus kommen wolle, um zu sehen, wie alles drinnen eingerichtet worden sei.

„Mutti, ich komme mit", sagte Peter. Rudi hatte sich schon in den Kreis der spielenden Kinder eingereiht und Karl stand an einem Baum und schaute schweigend zu.

„Es ist besser, Peter, du bleibst bei den spielenden Kindern."

„Nein, Mutti, nimm mich doch mit, ich möchte so gern bei dir bleiben."

Pucki gab dem Bitten endlich nach. Peter ging an ihrer Seite durch die hellen, luftigen Räume. In einem Zimmer, es war das Zimmer der Leiterin, stand auf dem Tisch eine Schale mit Obst. Begehrlich schaute Peter hinüber. Da die Mutti aber rasch weiterging, bemerkte niemand sein Verlangen. Aber das Obst wollte Peter nicht mehr aus dem Sinn kommen. Als sie draußen im Flur standen, löste er sich von der Hand der Mutter.

„Ich geh nun fort, Mutti!"

„Geh in den Garten, Peter, zu den anderen."

Der Knabe nickte nur mit dem Kopf, blieb aber im Flur stehen und schaute der Mutter und der Leiterin des Waisenhauses nach. Er hatte es sich genau gemerkt: Hinter der Tür, an der ein weißes Schild hing, stand auf dem Tisch eine Schale mit Obst. Er hatte so großes Verlangen nach einer süßen Birne.

Behutsam öffnete er die Tür und schaute sich im Zimmer um. Es war leer. Da ging er schnell zum Tisch, stieg auf einen Stuhl und betrachtete mit begehrlichen Blicken die Obstschale. Gerade als er im Begriff war, eine rotwangige Birne herauszunehmen, ertönte eine Stimme: „Lass das!"

Peters ausgestreckte Hand zuckte zurück. Jemand, der furchtbar ärgerlich sein musste, hatte die Worte gerufen. Schnell stieg er vom Stuhl herunter und blieb im Zimmer stehen. Er sah keinen Menschen. Vorsichtig schaute er hinter einen Vorhang. Aber nur Bücher waren dahinter.

„Lass das – lass das!“, klang es schon wieder.

Peters Herz pochte wie ein Hämmerlein. Nichts war zu hören als nur das Geräusch eines grünen Vogels, der in einem großen Käfig umherkletterte. Peter hatte schon einmal einen

Papagei gesehen, aber dass solch ein Vogel sprechen konnte, war ihm noch gänzlich unbekannt. Er ahnte daher nicht, dass der grüne Vogel die eingelernten Worte herausgeplappert hatte. – Peter legte sich auf den Teppich und schaute unter das Sofa. Auch dort war kein Mensch zu sehen.

„Schafskopf! Schafskopf!“, schrie es da.

Da wurde es dem kleinen Knaben so bange, dass er blitzschnell das Zimmer verließ und laut nach der Mutti rief.

Freilich, er durfte nichts nehmen, sein Naschen hatte ihm schon manchen Tadel eingetragen. Die Mutti hatte ihm erzählt, dass der liebe Gott vom Himmel herunterschaute und alles sähe. – Wer hatte nun im Zimmer gesprochen? Konnte der liebe Gott gerufen haben? Peter schlich zu Karl in den Garten.

„Du – sag mal, hast du schon einmal den lieben Gott sprechen hören?“

„Nein, Peter, der liebe Gott spricht überhaupt nicht.“

„Ich glaube, ich habe ihn gehört.“

„Du schwindelst schon wieder!“

„Ich habe ihn aber doch gehört.“

„Das ist nicht wahr!“

„Du ...“, sagte Peter mit blitzenden Augen, „der liebe Gott hat ganz bestimmt gesprochen. Ich wollte nur eine ganz kleine Birne nehmen, da hat er gerufen: ‚Lass das!‘“

„Das war das böse Gewissen“, erwiderte Karl altklug.

Von dem Gewissen hatte er schon in der Schule gehört.

Als Frau Gregor wieder in den Garten kam, fragte Peter leise, ob das Gewissen eine laute Stimme hätte. Er hätte das Gewissen ganz deutlich gehört.

„Manchmal mahnt das Gewissen laut, ein anderes Mal ganz leise, Peterli“, belehrte ihn die Mutter.

„Mutter, willst du das Gewissen auch mal hören? Dann komm rasch mit!“

„Peter, was bedeutet das nun wieder? Was hat dir dein Gewissen zu sagen gehabt?"

Da wurde Peter kleinlaut; er wusste genau, dass er wieder einmal ein Unrecht begehen wollte. Jetzt ließ ihm jedoch die Sache mit dem Gewissen keine Ruhe mehr.

„Komm, Mutti, komm fix!"

Puckis Gesicht wurde ernst und traurig. Wie oft hatte sie Peter schon verboten, in einem fremden Haus etwas anzurühren!

Ihre Ermahnungen schienen nichts zu fruchten. Sie wusste im Augenblick nicht, was sie aus der Erzählung Peters machen sollte, aber dass er wieder irgendetwas angestellt hatte, schien ihr sicher. So ließ sie sich fortziehen, hinein in das Zimmer der Leiterin.

„Sieh mal, Mutti, nur eine ganz kleine Birne wollte ich haben, weil ich so großen Hunger hatte. Da hat das Gewissen ganz laut geschrien: ‚Lass das!'"

„Lass das – lass das!", schrie da der Papagei wieder. Peter war zusammengefahren und klammerte sich an die Mutter. „Hörst du? – Ach, Mutti, ich habe solche Angst! – Ist das das Gewissen?"

„Peter, du bist ein schlimmes Kind. Was du tun wolltest, ist ein Unrecht. Du bist ein kleiner Dieb, und einen Dieb mag niemand leiden. Kein Kind wird mehr mit dir spielen. – Nun hat der liebe Gott gesehen, dass du wieder ein Unrecht begehen wolltest. Da hat der Papagei dort drüben gerufen und dich gewarnt."

„Der Papagei? – Mutti, das ist doch ein Vogel, und ein Vogel kann nicht sprechen, Mutti."

„Du Schafskopf!", rief der Papagei wieder.

Peter war wie erstarrt. Die Worte kamen wirklich aus dem Käfig.

„Lass das! – Lass das!", rief der Vogel.

Wahrhaftig, es war der Papagei, der da sprach. Ein Vogel konnte sprechen! Der Vogel hatte gesehen, dass er Obst nehmen wollte.

„Mutti – Mutti!“, rief Peter ängstlich.

„Peter, deine Mutti ist sehr traurig. – Ein Kind, das in früher Jugend bald ein Bonbon und bald Obst nimmt, ist ein schlechtes Kind. Wenn das Kind dann erwachsen ist, wird es oft zu einem Dieb. Die Eltern, die ein solches Kind haben, werden krank vor Kummer und Herzeleid. – Denke doch an deinen Vati und an deine Mutti; du machst sie sehr traurig. – Peterli, du weißt doch noch, dass deine Mutti einmal verreisen musste, weil ihr Herz krank war.“

„Mutti, liebe Mutti!“

„Ihr Herz wird wieder krank werden, wenn die Mutti sich so sehr über dich grämen muss. Denke daran, wenn du wieder einmal etwas Süßes oder eine Schale mit Obst siehst. Peterli, versprichst du mir das?“

„Mutti, du sollst nicht wieder fortgehen und krank werden. – Mutti, ich werde ganz bestimmt nichts mehr nehmen. Aber – kannst du mir nicht eine Birne schenken?“

„Das Obst gehört nicht mir, Peter. Die Mutti darf auch nichts aus der Schale nehmen. – Und nun komm zu deinen Brüdern.“

Obwohl im Garten eine fröhliche Stimmung herrschte, konnte Frau Gregor nicht recht froh werden; sonst hätte sie gewiss mitgespielt.

Ihre Blicke gingen immer wieder hinüber zu Peter. Schwere Sorgen erfüllten ihr Herz. Wie anders war dagegen Karl geartet! Man sah ihm an, dass ihn auch jetzt wieder Mitleid mit den Waisen erfüllte.

Als Karl die Mutter so ernst dastehen sah, eilte er zu ihr hin. „Bist du auch traurig, Mutti, weil die vielen Kinderchen keine Mutti haben?“

„Es ist gut, Karl, dass es Waisenhäuser gibt, die elternlose Kinder liebevoll aufnehmen."

„Mutti – du bist die allerbeste Mutti auf der ganzen Welt. Einmal hat mir der Manfred gesagt, er möchte dich auch einmal Mütterchen nennen, das wäre schön. – Ob die Kinder hier sich freuen würden, wenn sie auch einmal Mütterchen zu dir sagen könnten?"

„Die Kinder haben drei liebe Tanten, die für sie sorgen."

„Sie möchten aber gern mal Mütterchen sagen."

„Lass nur, Karlchen, ich bin euer Mütterchen und kann nicht das Mütterchen so vieler Kinder sein. Geh wieder zu ihnen und spiele weiter; wir bleiben noch ein Stündchen hier."

Karl beherrschte der Gedanke, den Kindern eine besondere Freude zu bereiten. Als er neben zwei kleinen Mädchen stand, erzählte er ihnen von seinem Mütterchen und zeigte mit dem Finger hinüber zur Mutter, die neben der Leiterin auf einer Bank saß.

„Wir haben euch heute viel Spielzeug mitgebracht", sagte Karl zu den beiden Mädchen. „Oben steht es. Mutti hat gesagt, das sollen wir euch schenken. Meine Mutti ist lieb und gut zu allen Kindern."

„Ich habe auch ein Mütterchen gehabt, das so gut war."

„Nun hast du keins mehr? – Das tut mir leid. Aber unsere Mutti ist zu allen Kindern lieb. Sie ist unser Mütterchen."

„Das ist schön, dass du so ein Mütterchen hast!"

„Ich habe eine Mutti und wenn ich sie ganz besonders lieb habe, nenne ich sie ‚Pucki-Mütterchen'. ‚Pucki' nennt sie der Vati und der hat sie auch furchtbar lieb.

Meine Mutti ist eben noch mehr als nur eine Mutti."

Nachdenklich schaute das kleine Mädchen zu Pucki hinüber.

„Pucki-Mütterchen", murmelte sie, „das klingt schön, das gefällt mir gut. – Pucki-Mütterchen!"

Dann wurde das Spiel fortgesetzt, bis Pucki endlich ihre Knaben zum Heimgehen rief.

„So, ihr Jungen und Mädchen", sagte die Leiterin, „nun tretet schön zu zweien an; dann gibt jeder der guten Tante das Händchen und bedankt sich für das Kegelspiel und auch für die anderen schönen Spielsachen, die ihr später bekommen werdet."

Alle gaben Frau Gregor die Hand. Die beiden kleinen Mädchen, denen Karlchen von seiner Mutter erzählt hatte, hielten Puckis Hand lange fest und sagten zärtlich: „Danke, liebe Tante, für die schönen Kegel. – Danke, Pucki-Mütterchen!"

Die nachfolgenden Kinder hörten diese Worte. Das Wort „Pucki" gefiel ihnen. „Danke, Pucki", sagte der folgende Knabe.

„Pucki – Pucki!", rief es da im Chor.

Wieder gingen Frau Gregors Gedanken zurück in die Vergangenheit. Sie sah sich im Kindergarten sitzen, um dort ihr Probejahr abzumachen. Irgendjemand hatte sie Pucki genannt. Den Namen hatten die Kinder gehört, und seit jener Zeit war sie die „Tante Pucki" geblieben. Längst war sie nun Mutter, hatte drei Knaben und jetzt klang es ihr wieder froh entgegen: „Pucki-Mütterchen!"

„Pucki-Mütterchen! – Pucki-Mütterchen!", jauchzte die Schar der Waisenkinder. Dieser Name schien allen gut zu gefallen, denn immer wieder brach heller Jubel los: „Pucki-Mütterchen!"

Die Leiterin wehrte den Kindern nicht. In vielen Kinderherzen mochte das Wort Mütterchen süße Erinnerungen wecken. Die Leiterin schaute auf Frau Gregor, die mehr und mehr von den Kindern umringt wurde. Dort stand die junge Frau wie verklärt, das Gesicht voll mütterlicher Zärtlichkeit und Liebe. Und immer wieder streckte Frau Gregor die Hände aus, um die elternlosen Kinder zärtlich an sich zu ziehen.

„Mütterchen Pucki", sagte die Leiterin tief ergriffen.

Sie hätte noch lange das schöne Bild betrachten können: eine mütterliche Frau, in deren Herz so viel Liebe, so viel Güte gelegt worden war. Diese überströmende Zärtlichkeit schienen die Kinder zu empfinden; ihre Augen leuchteten hell und immer heller und immer fröhlicher klang das Rufen: „Mütterchen Pucki!"

Als Frau Gregor schied, klang noch lange in ihren Ohren das Kosewort: Mütterchen Pucki.

GOLDENE WORTE

Pucki strich einem blonden Mädchen liebevoll über das Haar. Dann zog sie das Taschentuch hervor und trocknete ihm das verweinte Gesicht.

„So, kleine Hanna, nun ist alles wieder gut. Jetzt gehst du heim und versuchst, wieder ein braves Kind zu sein. Dann freuen sich die Eltern und sind wieder gut zu dir."

„Ich möchte hierbleiben!"

„Nein, Hanna, du bist von zu Hause fortgelaufen und deine Eltern wissen nicht, wo du bist. Sie würden sich ängstigen."

„Ich will aber noch hierbleiben, weil es bei dir viel schöner ist als zu Hause. Ich möchte immer bei dir bleiben!"

„Aber Hanna – was sind das für Worte? Es ist nirgends so schön wie bei Vater und Mutter."

„Der Peter hat mir doch gesagt, bei euch ist es am allerschönsten, denn du bist das Pucki-Mütterchen. Er hat gesagt, wenn ein Kind traurig ist, soll es zu dir kommen. Du hast für alle Kinder Bonbons."

Pucki musste lächeln. Aber das Bonbon gab es nicht. Das kleine Hannchen aus der Nachbarschaft war weinend zu ihr gekommen, weil es zu Hause für eine Unart bestraft worden war. Karl und Peter hatten im Vorbeigehen das weinende Kind nach seinem Kummer gefragt und Peter hatte es mit ins Haus gebracht. Seine Mutti sei das Mütterchen für alle Kinder, hatte er dem Mädchen gesagt, sie sei so lieb, dass kein Kind mehr zu weinen brauche.

So kam es, dass Hanna Terras bei Pucki Trost und Hilfe suchte. Pucki redete dem Mädchen gut zu, ermahnte es aber auch zur Folgsamkeit, denn die Strafe, die Hannchen erhalten hatte, hatte sie wohl verdient.

Dass man Frau Gregor überall mit Pucki-Mütterchen ansprach, wurde ihr manchmal peinlich. Die Enkelkinder der gegenüber wohnenden Gemüsefrau nannten Frau Gregor auch nur noch Pucki-Mütterchen und in der Schule sorgte Peter dafür, dass die Kinder, wenn sie von Frau Doktor Gregor sprachen, ganz allgemein Pucki-Mütterchen sagten.

So wurde der Name bald in Rahnsburg bekannt und einige Mütter ärgerten sich oft ein wenig darüber, dass ihre Kinder mit so großer Anhänglichkeit von „Mütterchen Pucki" sprachen. Dennoch müssten sie zugeben, dass Frau Gregor wirklich den besten Einfluss auf Kinder hatte. So war also Hanna Terras wieder heimgeschickt worden. Pucki ging ins Zimmer, um die letzten Vorbereitungen für die heutige Kaffeegesellschaft zu treffen. Sie hatte einige Bekannte eingeladen, fast lauter Mütter, mit denen sie seit längerer Zeit gut bekannt war. Pucki liebte es, einen anregenden Gedankenaustausch zu haben, und sie hoffte, von den anderen Müttern noch lernen zu können. Sie selbst war mit der Erziehung, die sie ihren Kindern angedeihen ließ, niemals recht zufrieden. Den größten Kummer bereitete ihr Peter, der nach wie vor nicht von seinen unwahren Übertreibungen ließ und trotz aller Verbote immer wieder naschte. Sogar Claus hatte ihn mehrfach hart bestraft, aber es war noch kein Zeichen einer Besserung bei dem Jungen wahrzunehmen.

Eben stellte Frau Gregor eine Vase mit Blumen auf den Tisch, als aus dem Kinderzimmer lautes Geschrei ertönte. Pucki erschrak. Das war Karl, ihr sonst so ruhiger Junge, der in große Erregung geraten zu sein schien. Hastig eilte sie hinüber. Karl und Peter wälzten sich am Boden und unbarmherzig schlug der Ältere auf seinen jüngeren Bruder ein. Peter kreischte.

„Karl!"

Einen Augenblick hielten die Knaben im Raufen inne, als sie die Mutter erblickten. Karls Gesicht war blass vor Erregung.

„Sofort den Bruder loslassen und aufstehen!", gebot die Mutter.

Die energisch gesprochenen Worte verfehlten ihre Wirkung nicht. „Schämt ihr euch nicht? – Was gibt es, Karl? Warum schlägst du deinen jüngeren Bruder?"

„Er – hat noch – den Fingerhut!"

„Ich will auch was haben!", schrie Peter dagegen.

„Was für einen Fingerhut?", fragte Pucki.

„Ich wollte sein Spielzeug haben", weinte Peter, „er hat es immerfort. Auf dem Teller der Waage stand der Fingerhut. Da habe ich damit spielen wollen – und da ist der Karl gekommen ..."

„Mutti, meinen Schrank hat er aufgemacht!", rief Karl mit blitzenden Augen. „Manfreds Spielzeug hat er rausgenommen und kaputt gemacht. Und den Fingerhut hat er noch! – Mutti, Manfreds Spielzeug ist nun kaputt!"

Pucki begriff sofort, dass Karl sehr erzürnt war, weil Peter ihm seine Briefwaage zerbrochen hatte. Sie verstand jedoch nicht, warum Karl sich erneut auf den Bruder stürzte, um dessen verkrampften Fingern einen Fingerhut zu entreißen.

„Er hat auch einen", rief Karl, „er hat ihn aber verschmissen. Mutti, ich brauche ihm meinen Fingerhut nicht zu geben. Der Onkel Doktor Eck hat gesagt, das ist ein Heiligtum, keiner darf seinen Fingerhut weggeben."

Dann ging er wieder auf den Bruder los und schrie: „Gibst du mir jetzt den Fingerhut, oder du kriegst Prügel!"

„Peter, gib den Fingerhut zurück. – Was ist denn das für ein Fingerhut? Habt ihr ihn mir weggenommen? Seit mehreren Wochen suche ich danach."

„Ja, Mutti, ich habe deinen Fingerhut genommen, weil Onkel Doktor Eck auch einen Fingerhut von seiner Mutti in seiner Stube hat. Da wollte ich auch einen haben. Mutti, ich denke dann an dich. – Und an den Manfred denke ich auch, weil er mir sein liebstes Spielzeug zuletzt geschenkt hat. – Mutti, ich lasse mir meine liebsten Sachen nicht wegnehmen, auch nicht von Peter!"

Erst jetzt begriff Pucki, was es mit dem Fingerhut für eine Bewandtnis hatte. Peter erzählte weinend, dass er der Mutti auch einen Fingerhut genommen hätte, aber der sei nun weg.

Da Frau Gregor die Lebensgeschichte von Doktor Eck und auch die Geschichte von dem Fingerhut kannte, hatte sie kein Wort des Vorwurfes für die Knaben. Peter aber tadelte sie und verbot ihm, des Bruders Briefwaage noch einmal anzurühren.

„Sie ist kaputt!", klagte Karl.

„Wir lassen sie wieder heilmachen, Karl. Ich weiß, wie lieb sie dir ist. Peter wird dein Eigentum ein zweites Mal nicht anrühren. – Und jetzt lasst euch anziehen; ich bekomme Gäste, die ihr artig begrüßen sollt. – Schaut, Rudi ist der Bravste von euch, er sitzt still in der Ecke und ..."

Pucki verstummte jäh. Rudi saß freilich mäuschenstill in der Ecke des Zimmers. Er hatte jedoch an der neu aufgelegten Bettdecke die Fransen entdeckt und auch eine Schere gefunden, mit der er nun lustig drauflosschnitt. Er ließ sich in seinem Vernichtungswerk durch nichts stören.

„Rudi!", schrie Pucki entsetzt und versetzte dem Knaben einen kräftigen Klaps auf die Händchen.

„Mutti, er ist auch nicht artig!", schrien die Brüder im Chor.

Da kam Emilie herein und meldete, dass die erste der Damen gekommen sei. Rasch rief Pucki ihren Jungen noch einige ermahnende Worte zu, dann verließ sie das Zimmer, um ihre Gäste zu begrüßen.

Bald saßen sie in lebhafter Unterhaltung am Kaffeetisch.

„Wie machen Sie es nur, Frau Gregor", fragte eine der Damen, „dass Sie von allen Kindern des Ortes geliebt und verehrt werden? Dabei weiß ich genau, dass Sie manchem Kind, wenn es ein Unrecht tat, schon strenge Worte gesagt haben. Trotzdem kommen die Kinder immer wieder zu Mütterchen Pucki, wie sie sagen."

„Ich finde es nicht richtig", sagte eine andere, „dass Sie sich von Ihren Kindern ‚Pucki-Mütterchen' nennen lassen, liebe Frau Gregor. Das untergräbt Ihr Ansehen."

„Ich glaube das nicht", erwiderte Frau Gregor. „Gewiss, es mag den Fernstehenden nicht richtig erscheinen, wenn mich die Kinder ‚Pucki-Mütterchen' nennen. Es wirkt vielleicht sonderbar. Ich glaube jedoch, dass es in diesem Falle für die Kinder der höchste Ausdruck für das Wort Mutter ist. Ich lasse mich im Allgemeinen auch nur Mutti nennen; nur in ganz seltenen Fällen, wenn das kindliche Herz übervoll ist, sagen sie Pucki-Mütterchen."

„Ist Ihr Gatte damit einverstanden?"

„Mein Mann und ich haben von jeher versucht, die Kinder bis in die kleinsten Regungen hinein zu verstehen. Alles, was unsere Kinder tun, wird zunächst vom Standpunkt des Kindes aus beurteilt, um das richtige Verständnis für sein Handeln zu finden. Dann erst kommt der Standpunkt der Eltern dazu; beides gibt erst den Maßstab, mit dem wir das Tun und Lassen unserer drei Kinder beurteilen. – Wir Erwachsenen sollten niemals vergessen, dass auch wir einst jung gewesen sind. Wir müssen uns ins Gedächtnis zurückrufen, was wir als Kinder trieben und wie es uns dabei ums Herz war, wenn wir diesen oder jenen dummen Streich ausführten oder etwas taten, was verkehrt war."

„Ich glaube, Sie sind eine zu nachsichtige Mutter, Frau Gregor."

„Das hat mir meine Schwiegermutter auch schon einmal gesagt. Einen wunderschönen Vers schrieb sie mir auf, in dem es etwa hieß: Mit Weichheit ist im Allgemeinen nicht viel anzufangen, Kraft ist das Leitwort des Lebens, Kraft im Wagen, Kraft im Entsagen. Ich bemühe mich redlich, meine Kinder danach zu erziehen, und ich hoffe, dass es mir gerade auf meine Art und Weise gelingen wird, sie zu tüchtigen Menschen zu machen. Es ist sicher, dass ich bei der Erziehung meiner Kinder manchen Fehler begehe und ich bin dankbar für jeden Ratschlag, der mir gegeben wird. Nichts liegt mir so sehr am Herzen, als meine Kinder glücklich zu machen und ihnen ein frohes Elternhaus zu schaffen."

Die schlanke, junge Frau Helms, die an Puckis Seite saß, legte ihre Hand auf den Arm der glücklichen Mutter.

„Sie können zufrieden sein, Frau Gregor! Ich glaube, in ganz Rahnsburg gibt es keine zweite Frau und Mutter, die solch ein glückliches Heim hat wie Sie. Dass es so glücklich ist, ist allein Ihr Verdienst. Ich freue mich jedes Mal auf unser Zusammensein. Wir nehmen viele Anregungen mit und wenn wir mitunter auch recht verschiedener Meinung sind, so denken wir doch über das Gesprochene nach. Ich habe in letzter Zeit viel vom Pucki-Mütterchen gelernt."

Frau Gregor wehrte ab, aber Frau Helms bekräftigte:

„Ganz gewiss, liebe Frau Gregor! Warum soll ich das nicht einmal aussprechen? Ich liebe meine beiden Kinder auch über alle Maßen, aber ich habe mir leider nicht immer die Zeit genommen, ihre vielen Fragen zu beantworten. Ungeduldig habe ich die Kinder oftmals fortgeschickt, zumal es mir mitunter unmöglich war, auf ihre Fragen gleich eine

Antwort zu finden. Vor wenigen Tagen kam erst mein Junge zu mir und stellte eine Frage, die ich nicht verstand. Darauf sagte er hastig: ‚Mammi, ich gehe zu Mütterchen Pucki. Sie hat immer Zeit für kleine Kinder, sie sagt mir auch, was Montagearbeiter sind.'"

Pucki lachte hellauf. „Das hat mich der Junge allerdings gefragt. Er wollte wissen, ob das Arbeiter wären, die nur am Montag beschäftigt sind. Er hätte Lust, auch solch ein Arbeiter zu werden, da er dann an den anderen Wochentagen frei wäre."

Die anwesenden Damen lachten. Frau Helms aber fuhr ernsthaft fort: „Die Worte meines Knaben trafen mich ins Herz. Ehe ich mich besann, war der Kleine fortgelaufen. In meinen Ohren klangen seine Worte nach: ‚Ich gehe zum Pucki-Mütterchen.' Also hat Pucki-Mütterchen mehr Verständnis für seine Fragen als die eigene Mutter. Das fühlte mein Junge. – Als er gestern und heute wieder seine Fragen stellte, habe ich sie geduldig angehört und beantwortet. Da sagte er: ‚Oh, jetzt bist du auch wie ein Pucki-Mütterchen, das ist schön.' – Wollen Sie nun meinen Dank zurückweisen, liebe Frau Gregor? Haben Sie mich nicht unbewusst auf den rechten Weg gewiesen?"

„Ich weiß, Sie sind immer sehr beschäftigt, Frau Helms", entschuldigte Pucki die andere.

„Einerlei – für ihre Kinder muss eine Mutter immer Zeit haben. Wir Frauen wollen von unseren Kindern geliebt werden, das können wir aber nur, wenn wir dafür sorgen, dass wir rechte Mütter unserer Kinder sind, Mütter im wahrsten Sinne des Wortes."

Die anderen Damen waren nachdenklich geworden. Das unscheinbare Erlebnis der Frau Helms beschäftigte manches Mutterherz. Sie sahen plötzlich ein, dass auch sie wohl mitunter zu ungeduldig ihren Kindern gegenüber gewesen waren. Wenn man seinen Kindern nicht Rede und Antwort stand, dann ging langsam das Vertrauen verloren. Das war dann der Anfang einer Entfremdung, die oft zwischen Eltern und Kindern steht.

Alle verlebten einen anregenden Nachmittag im Gregorschen Haus. Schließlich verlangten die Damen die drei Knaben zu sehen. – Die Kinder wurden hereingerufen und betrugen sich recht artig, nur Rudi stellte sich an die Seite der Mutter, wies mit dem Finger auf die Tafelrunde und sagte:

„Mutti, was wollen die Damen hier?“

„Sie sind liebe Gäste deiner Mutti.“

„Warum?“

„Weil sie der Mutti etwas erzählen wollen.“

„Was erzählen sie denn, Mutti?“

„Allerlei schöne Dinge.“

„Mutti, dann erzähle uns auch was! Komm rasch mit raus!“ Dabei zerrte er sie an der Hand und wollte sie aus dem Zimmer ziehen.

„Du weißt, Rudi, wenn die Mutti Besuch hat, dürft ihr nicht lange stören. Mutti erzählt dir später viele schöne Dinge. – So, nun geh mit den Brüdern wieder hinaus.“

„Aber komm recht bald“, flüsterte er ihr noch ins Ohr. Dann verließen die Knaben gehorsam das Zimmer.

„Selten artige Kinder haben Sie, Frau Gregor“, sagte eine der Damen. „Sie verstehen es ganz prächtig, Kinder zu erziehen.“

Während Frau Gregor noch manches Lob über ihre Kinder hören musste, wurde die Tür geöffnet, und Peter kam wieder herein. Blitzschnell stand er an der Seite der Mutter.

„Du – komm doch bald! – Lass die Damen endlich weggehen und komm zu uns!“

„Peter – geh hinaus!“, schalt Pucki.

Frau Helms lachte, als die Tür sich hinter dem Knaben wieder geschlossen hatte.

„Da sehen Sie meine Erziehungskünste“, sagte Pucki ein wenig verlegen. „Es ist besser, nicht zu freigebig mit Ihrem Lob zu sein.“

Aber alle fanden die ehrliche Äußerung Peters sehr niedlich. Die anwesenden Mütter konnten es begreifen, dass die drei Kinder ihr Mütterchen nicht lange missen wollten.

Beim Abschied drückten die Damen Frau Gregor lange und herzlich die Hand.

Im Vorgarten spielten inzwischen Karl und Peter. Frau Helms rief die Knaben zu sich heran und strich ihnen zärtlich über die Wangen. „So – nun habt ihr euer Mütterchen wieder für euch. Seid nur recht lieb zu ihr, denn wir haben euer Mütterchen auch sehr gern.“

„Wir aber auch“, sagte Peter.

Als die Damen durch den Vorgarten gingen, hörte Peter, wie eine zu einer anderen sagte: „Es waren goldene Worte, die Frau Doktor Gregor gesprochen hat.“

Die beiden Knaben schauten den Frauen ein Weilchen schweigend nach.

Endlich fragte Peter gedehnt: „Goldene Worte? – Du, Karl, was sind goldene Worte?“

Die Neugier trieb die Knaben ins Haus, zur Mutter, die mit dem Abräumen des Kaffeetisches beschäftigt war.

„Mutti, was hast du den Frauen eigentlich erzählt?“

„Wir haben von unseren Kindern gesprochen.“

„Sind das goldene Worte? Tante Helms meinte, du hast goldene Worte gesagt. – Mutti, sage uns auch so ein goldenes Wort!“

Pucki lachte dazu und sagte: „Artige Kinder sind die Freude ihrer Eltern.“

Karl schüttelte unbefriedigt den Kopf. „Mutti, das ist kein goldenes Wort, das kennen wir schon lange. – Sage uns doch auch ein goldenes Wort, wie du es zu den Damen gesagt

hast. Oder sagt man goldene Worte nur zu Frauen und nicht zu Kindern?"

„Nein, mein lieber Junge. Goldene Worte sind Ratschläge, die andere beherzigen sollen."

Peter machte ein pfiffiges Gesicht. „Nein, Mutti, ich weiß ganz genau, was goldene Worte sind. Von der Goldmarie und der Pechmarie oder von den Sterntalern, wo die goldenen Sterne dem kleinen Mädchen ins Hemdchen fielen und zu dicken Talern wurden: Das sind goldene Worte. Mutti, erzähle uns doch wieder mal die goldenen Worte von der Goldmarie!"

„Hast du den Frauen auch von der Goldmarie erzählt?", fragte Rudi.

„Nein, Kinder, ich habe den Frauen ..."

„Ach, Mutti, wir möchten jetzt, bitte, bitte, die goldenen Worte von der Goldmarie hören."

„Nun also", meinte Pucki, „dann werde ich euch das Märchen noch einmal erzählen."

Peter klatschte in die Hände. „Fein, Mutti, jetzt wissen wir auch, was goldene Worte sind!"

Sie saßen wie die Mäuschen um die Mutter herum und ließen sich wohl zum zwanzigsten Mal das Märchen von der Goldmarie und der Pechmarie erzählen.

Am Abend, beim Gutenachtkuss, sagte Peter zärtlich: „Ich danke dir für die goldenen Worte, die du uns erzählt hast, Mutti."

EMILIES VERLOBUNG

Seit Tagen hörte man Emilie, das treue Hausmädchen, oft fröhlich singen. Sie hatte auch immer ein strahlendes Gesicht. Karl schaute sie manchmal prüfend von der Seite an und meinte schließlich zu der Mutter:

„Die Emilie hat wohl etwas Schönes geschenkt bekommen, weil sie immer ein so vergnügtes Gesicht macht?"

„Emilie freut sich."

„Warum freut sie sich?"

„Gehe einmal selbst zu ihr und frage sie. Sie wird es dir gewiss sagen."

Karl hatte nichts Eiligeres zu tun, als zu Emilie zu gehen, die wieder leise vor sich hin sang. Seine beiden Brüder begleiteten ihn.

„Ich weiß ein Herz, für das ich bete, und diesem Herzen bin ich gut", sang Emilie.

Karl stellte sich vor Emilie hin, stemmte die Arme in die Hüften und fragte: „Warum freust du dich?

„Ich habe allen Grund dazu, Karlchen", lachte sie.

„Grund hast du dazu? Warum freust du dich? Was ist das für ein Grund?"

„Im bekomme Besuch."

„Was für Besuch?"

„Sehr, sehr lieben Besuch, Karlchen."

„Besuch?", wiederholte Karl gedehnt. „Ich mag Besuch manchmal gar nicht leiden."

„Das ist aber ein sehr lieber Besuch, den ich bekomme."

Emilie lachte über das ganze Gesicht. „Das ist der Steuermann Jakob Bierbaum aus meinem Heimatort."

Damit wussten die Knaben nun gar nichts anzufangen. Besonders Peter und Rudi schauten verständnislos in Emilies fröhliches Gesicht.

„Ein Steuermann ist ein Seemann", sagte Karl schließlich. „Ein Steuermann hat ein bisschen mehr gelernt als einer, der nur so auf dem Schiff mitfährt. Das hat uns der Vati mal gesagt. – Hurra, ein Seemann kommt!", rief er.

„Was alles zu uns kommt!", meinte Peter. „Erst ein Schwarzer, der ein Auto fahren kann, und jetzt ein Seemann..."

„Ja", unterbrach ihn Karl, „ein Seemann, der ein Schiff fahren kann, denn der Steuermann versteht das."

„Da muss die Mutti das Zimmer wieder fertig machen", meinte Rudi. „Wo ist die Mutti?"

Die Knaben liefen aus der Küche, um der Mutti zu erzählen, dass ein Seemann käme, der nicht nur ein Auto wie Itutu, sondern sogar ein ganz großes Schiff fahren könnte.

„Wer hat euch das gesagt, Kinder?", fragte Pucki.

„Die Emilie hat gesagt, sie freut sich so sehr darauf."

„Na, der muss aber mit uns auf dem Wasser fahren, er muss rudern und steuern, den ganzen Tag."

„Nur nicht gar so stürmisch, Kinder, der Besuch kommt doch nicht zu euch, sondern zur Emilie."

„Wir wollen den Seemann auch haben!", rief Peter und lachte. „Die Emilie braucht ihn nicht für sich allein."

„Der Steuermann wird einige Tage hierbleiben, aber er kommt nicht zu uns, sondern zu Emilie; er ist ihr lieber Besuch."

„Wir wollen auch Besuch haben", rief Rudi.

„Aber nur keine Oberin! Von der haben wir genug."

„Sei nicht immer so dreist, Peter. Der Besuch will doch unsere Emilie heiraten. Der Steuermann ist Emilies Verlobter.

Beide kennen sich schon von Kindheit an, denn sie sind in Emilies Heimatort gemeinsam aufgewachsen. Dann ist der junge Bursche zur See gegangen und Schiffsjunge geworden. Er hat dann weitergelernt, Prüfungen gemacht und ist heute ein tüchtiger Steuermann. Über ein Jahr wird unsere gute Emilie seine Frau."

„Mutti, warum will die Emilie heiraten?", forschte Peter.

„Sie will auch einen Mann haben und eine eigene Wohnung. Darum geht sie nächstes Jahr von uns fort."

„Mutti, kann sie nicht hierbleiben und der Steuermann dazu?", fragte Peter.

„Sie kann natürlich hierbleiben", sagte Karl wichtig, „wir geben ihr das Zimmer neben der Garage. Dort hat sie ihre Wohnung und der Steuermann bleibt bei ihr. Dann lassen wir uns von ihm Unterricht geben, wie man ein Schiff fahren kann, und werden später auch Seeleute."

„Mutti, ist die Emilie so vergnügt, weil sie heiraten will?"

„Das glaube ich wohl, Peterli."

„Dann möchte ich auch bald heiraten, um immer so vergnügt zu sein. – Jetzt gehen wir zum Vati und sagen ihm, dass die Emilie heiraten will."

Der Vater saß im Arbeitszimmer und machte Eintragungen in ein Krankenbuch. Die Knaben stürmten auf ihn zu und lärmten durcheinander.

„Vati – die Emilie kriegt einen Steuermann, den sie heiraten will. Sie ist deswegen immer froh. – Rudi will auch so einen Seemann haben."

„Vati – ein Steuermann ist doch mehr als ein Seemann, nicht?"

„Karlchen, ein Steuermann ist auch ein Seemann und die Leute auf dem Schiff, die noch nicht so viel gelernt haben wie er, nennt man Matrosen."

„Warum ist er Steuermann und was hat er gelernt?"

„Was muss er lernen, damit er ein großes Schiff fahren kann?“

„Muss er so viel lernen wie der Itutu, der ein Auto fahren kann?“

Die Kinder schrien alle aufgeregt durcheinander.

„Oh, er muss viel, viel mehr lernen, Kinder.“

„Sage mal, Vati, warum heißt er denn Steuermann?“

„Und was hat der Steuermann gelernt?“, riefen die Knaben voller Wissbegier.

Dr. Gregor sah ein, dass er die Neugierigen so schnell nicht loswerden würde, und dabei drängte die Arbeit.

„Ich weiß schon“, lachte Karl, „er hat ein Rad, wie das am Auto ist, daran dreht er, mal nach rechts und mal nach links und dadurch fährt das Schiff, wohin er will. Aber sage mal, Vati, wenn so ein Schiff auf dem großen Wasser schwimmt, wo keine Straßen sind und keine Wegweiser, wie weiß denn dann der Steuermann, wohin er fahren muss?“

„Das werdet ihr noch nicht ganz begreifen, dazu seid ihr noch zu klein. Aber Karl, das, was du vorhin gesagt hast, das war gar nicht so dumm. Auch auf dem Schiff, selbst dem größten, befindet sich solch ein Rad, das gedreht werden muss, mal rechts, mal links.“

„Ha, ha“, lachte Peter verschmitzt, „das große Wasser hat aber doch keine Straßenecken, um die man rumfahren muss. Warum muss man das Schiff mal nach rechts und mal nach links lenken?“

„Peterli, das ist schwer zu verstehen. Das große Wasser musst du dir ähnlich denken wie den großen See bei Rotenburg, den du schon gesehen hast. Nur ist es so groß, dass man keine Ufer mehr sieht. Aber das große Meer, wie man das große Wasser nennt, hat oft ganz hohe Wellen und dagegen muss das Schiff ankämpfen, sonst wird es umgeworfen, und da muss das Steuer dafür sorgen, dass es in der Richtung bleibt. – Versteht ihr das?“

„Das schon", meinte Karl. „Nur, wie findet das Schiff denn seinen Weg? Das Steuer allein kann dem Schiff den Weg doch nicht zeigen?"

Der Vater seufzte. „Ja, Kinder, um das zu begreifen, müsst ihr erst größer sein. Der Mann, der das Schiff lenkt, hat viele Seekarten oder er richtet sich nach den Sternen, und dann haben die Seeleute auch Sextanten, das sind …"

Schallend lachten die Knaben auf und unterbrachen den Vater. „Sechs Tanten – sechs Tanten! – Hahaha, Vati, müssen die sechs Tanten mitfahren?"

Doktor Gregor lachte selbst herzlich mit, als er sah, was er mit dem Wort angerichtet hatte.

„Wenn der Steuermann aber keine sechs Tanten hat, Vati? Wir wollen gleich mal Emilie fragen, ob ihr Steuermann auch sechs Tanten hat", schrie Peter.

„Ja, lauft nur schnell", lachte der Vater. Er erhob sich vom Schreibtisch, ging zur Tür und öffnete sie weit. „So, nun macht schnell, dass ihr zu Emilie kommt! Und wenn der Steuermann in den nächsten Tagen kommt, dann könnt ihr ihn alles fragen, was ihr noch auf eurem kleinen Herzen habt."

In wilder Eile jagten die drei Knaben davon, hinüber zu Emilie. Sie rannten Waltraut beinahe um, die im Flur stand und ihnen lachend nachschaute. Auch Dr. Gregor schmunzelte und schloss seine Tür wieder.

Emilie war nicht mehr in der Küche. Da liefen die Knaben zur Mutti. „Mutti, habe ich auch sechs Tanten?"

„Mutti, kann man auf einem Schiff fahren, wenn man keine sechs Tanten hat?"

„Mutti – sechs Tanten fahren mit – hahaha!", so lachten und riefen die drei durcheinander.

Pucki begriff nicht, was die Kinder eigentlich wollten. Sie hörte nur immer wieder die Worte „sechs Tanten" und gebot den Kindern schließlich energisch Ruhe.

„Jetzt erzählt einmal ruhig, was das alles bedeuten soll!"

„Ach, Mutti", sagte Karl, „du weißt doch alles am besten; müssen wirklich auf jedem Schiff sechs Tanten sein, damit es seinen Weg findet?"

Pucki wollte gerade fragen, wer ihnen solchen Unsinn gesagt hätte, da überlegte sie.

Die Kinder waren beim Vater gewesen, sie hatten ihn wohl falsch verstanden. Also Vorsicht!

„Hat euch der Vati das von den sechs Tanten gesagt?"

„Ja, wir haben ihn gefragt, wie man ein Schiff fährt und wie es den Weg findet."

„Ach so, nun begreife ich! – Der Vati hat von einem Instrument gesprochen, das für die Schifffahrt ebenso nützlich ist, wie Vatis Instrumente es für die Kranken sind. Diese Instrumente, die die Seeleute haben, heißen Sextanten."

„Hahaha", rief Peter, „so hat der Vati gesagt, da haben wir gleich mächtig gelacht."

Und Karl setzte nachdenklich hinzu: „Hätten wir nicht gleich losgelacht, dann hätte uns der Vati alles genauso schön erklärt wie du."

Acht Tage später. – Peter stand wie angewurzelt hinter der Küchentür. Auf dem Küchenstuhl saß ein schlanker, junger Mann, in einem blauen Anzug mit goldenen Knöpfen. An den Ärmeln hatte er goldene Streifen. Neben ihm stand Emilie. Sonst war sie immer tätig in der Küche. Heute aber hatte der junge Mann seinen Arm um sie gelegt und Emilie schaute ihn strahlend an.

Sie tat gar nichts. Komisch war das! Die Mutti hatte erzählt, wenn Emilies Bräutigam käme, sollte Verlobung gefeiert werden.

Peter lief davon und holte Rudi. „Komm", sagte er wichtig, „die Emilie feiert mit dem Seemann Verlobung. Komm ganz schnell an die Küchentür!"

Rudi stand aber nicht so still wie Peter. Er trippelte in die Küche hinein, stellte sich vor die beiden und schaute sie mit neugierigen Augen an.

„Bist du der Steuerseemann?“, fragte er. Aber bevor Emilie und der Steuermann antworten konnten, lief er wieder hinaus und suchte die Mutti auf.

„Bei der Emilie ist der Steuerseemann, Mutti, komm ganz schnell!“

„Ach, Herr Bierbaum ist schon da? Dann muss er gerade angekommen sein.“

„Mutti, wir haben ihn schon gesehen“, rief Rudi, „er ist ein großer blauer Mann!“

„Aber Kinder, ihr sollt doch nicht in die Küche gehen. Emilie wird euch ihren Verlobten schon zeigen.“

„Mutti, komm doch mit und stelle dich hinter die Tür! Der Peter ist auch da!“

Da kam der Peter gelaufen. „Mutti, komm ganz schnell! Er hat der Emilie einen Kuss gegeben, komm doch ganz schnell mit!“

„Ihr bleibt jetzt hier, Kinder!“

„Ach, Mutti, komm doch!“

Aber Pucki verbot ihren Jungen ganz energisch, hinter der Küchentür herumzulungern. Wenn Emilies Verlobter wirklich gekommen war, sollten die Kinder nicht neugierig hinter der Tür stehen. Emilie sollte ihrem Verlobten das Zimmer zeigen, das man für ihn hergerichtet hatte. Obwohl Peter und Rudi weiter bettelten, die Mutter möge mit ihnen zu Emilie und dem Seemann gehen, gab Pucki nicht nach.

Es dauerte nicht lange, da kam Emilie mit ihrem Verlobten.

„Hier bringe ich Ihnen meinen Jakob, Frau Doktor Gregor, den Steuermann Jakob Bierbaum.“

Pucki begrüßte den Steuermann herzlich und sagte ihm, er hätte sich eine tüchtige Braut erwählt, denn Emilie sei alle

Jahre in ihrem Haus eine treue und stets fleißige Hilfe gewesen.

„Wie heißt der Mann?", fragte Peter laut.

„Jakob Bierbaum", wiederholte der Steuermann freundlich.

„Wie machst du es, wenn du dein Schiff fährst?", fragte Karl.

„Fährst du bis Amerika, zu Tante Marys Eltern?"

„Um des Himmels willen", flüsterte Pucki Emilie zu, „wenn Sie nicht wollen, dass Ihr Verlobter durch hundert Fragen verrückt gemacht wird, gehen Sie mit ihm hinaus. Aber eine kleine Feier machen wir heute im Haus, das haben Sie verdient."

„Was für ein Schiff hast du? Und wo fährst du hin?", forschte Peter weiter.

„Komm, Jakob", sagte Emilie, „ich zeige dir jetzt das hübsche Gartenplätzchen."

„Wir kommen mit!", riefen alle drei Kinder wie aus einem Mund.

Als Pucki abwehren wollte, meinte Emilie lachend, sie solle die Kinder nur ruhig mitgehen lassen. Ihr Jakob werde schon die rechten Antworten wissen. Außerdem habe er Kinder sehr gern, sodass er sich gut mit ihnen unterhalten würde.

Kaum war das Gartenplätzchen erreicht, da drängelte Peter schon wieder: „Nun sage aber mal, was ist das für ein Schiff, das du fährst?"

„Unser Schiff fährt auf der Nordsee. Ich weiß nicht, ob ihr schon etwas von Bremen oder Bremerhaven gehört habt."

„Na, und ob!", rief Karl lebhaft. „Da ist doch Itutu wieder hingefahren mit dem Forscher."

„Dort ist mein Schiff zu Hause. Bremerhaven liegt bei Bremen, nur weiter nach der Nordsee hinaus. Und auf der Nordsee fahren wir und fangen Fische."

„Fangt ihr dort Karpfen oder Goldfische?"

„Oder Haifische“, rief Peter, „die den Menschen die Beine abbeißen, wenn sie baden? Das hat uns unser schwarzer Itutu erzählt.“

„Ach, woher“, lachte der Seemann, „unser Schiff ist ein Heringsdampfer.“

„Ach“, sagte Karl geringschätzig, „das olle salzige Zeug fangt ihr? Ich mag Heringe nicht. Wenn ihr nichts Besseres fangt, dann ist das nichts. – Puh, Heringe!“

„Aber Karl! Mein Jakob fängt doch keine Salzheringe“, lachte Emilie.

„Lass nur, Mielchen, er hat wohl noch nie einen grünen Hering gesehen. Ich will dir das mal erklären, Karl, wie das ist. – Wir nehmen, wenn wir aus dem Hafen fahren, auf unserem großen Schiff riesenlange Netze mit und viele neue leere Holztonnen, dazu Hunderte von Säcken mit Salz.“

„Tausend“, unterbrach Peter, „und dann fangt ihr tausend Fische?“

„Damit würden wir nicht weit reichen“, lachte der Steuermann. „Die Netze werden draußen auf hoher See in den fischreichen Gebieten ins Wasser gelassen. Mitunter treffen wir Riesenschwärme von Heringen, dass wir die Netze kaum hochkriegen. Die Netze werden auf Deck ausgeschüttet und da zappelt dann ein großer Haufen von Fischen. Solch ein frischer Hering ist einer der schönsten Fische, die es gibt. Sein Rücken ist dunkelblau und grün, seine Seiten schimmern wie Silber. Aber er hat nur ein kurzes Leben; kaum ist er aus dem Wasser, da schnappt er noch ein paarmal nach Luft und dann ist er tot. Weil aber Fische sehr schnell verderben, müssen sie gleich auf dem Schiff in die Tonnen gelegt und eingesalzen werden. Wenn wir dann genug gefangen haben, so viel, dass das Schiff vollgeladen ist, dann geht es zurück in den Hafen, die Tonnen werden ausgeladen, und Reinschiff wird gemacht.“

„Reinschiff? Was ist das?“, fragte Karl.

„Reinschiff ist für das Schiff ungefähr so wie für euch, wenn ihr von oben bis unten gewaschen werdet."

„Nur, Rudi, das Schiff schreit nicht so", meinte Emilie mit verschmitztem Augenzwinkern, „wie gewisse kleine Leute!"

„Siehst du wohl, Rudi", lachte Peter, „du bist ein wasserscheuer Junge."

„Rudi ist schon mal ins Wasser gefallen", maulte der Jüngste. „Er hat Mund und Nase voll Dreck gehabt, da mag er das Wasser nicht leiden."

„Nun aber weiter! Was ist mit den Heringen?", fragte Peter.

„Die esse ich doch nicht", sagte Karl, „und wenn sie noch so schön aussehen."

Die Kinder stellten immer wieder neue Fragen. Sie wollten alles wissen, was auf einem Schiff ist, und Jakob Bierbaum gab unermüdlich und freundlich Auskunft.

Da rief Pucki laut nach ihren Kindern. Aber sie kamen heute nicht, sodass die Mutter schließlich herbeikam, um sie zu holen.

„Nun haben Sie wohl allmählich genug von meiner kleinen Bande", sagte Pucki lachend zu Herrn Bierbaum.

Der verneinte lebhaft. „Es macht mir immer wieder Freude, von der See und von meinem Schiff zu erzählen."

„Aber nun ist es genug; denn nachher, wenn mein Mann drüben in der Klinik fertig ist, essen wir gemeinsam zu Abend. Sie, Herr Bierbaum, und unsere liebe Emilie sind dann unsere Gäste bei der kleinen Feier. Frau Mahler wird Emilie in der Küche vertreten. Und nun, Kinder, pflückt ein paar schöne Sträuße Herbstblumen, damit wir die Festtafel hübsch schmücken können."

„Ei ja!", riefen die Kinder. Sofort stürmten Peter und Rudi davon, nur Karl blieb noch zurück und schaute die Mutter fragend an. „Dürfen wir abends dabei sein, Mutti? Oder ist das nur was für Große, wenn man sich verlobt?"

„Freilich dürft ihr dabei sein! Unsere gute Emilie hat euch ja alle vom ersten Lebenstag an gehegt und gepflegt."

„Natürlich muss die Rasselbande dabei sein", sagte Emilie. „Hoffentlich machen sie nicht zu viele Dummheiten."

„Da will ich schon ein bisschen mit aufpassen", meinte der Steuermann.

Abends saß dann die ganze Familie mit Emilie und ihrem Verlobten am festlich geschmückten Tisch. Pucki hatte für ein ausgewähltes Verlobungsessen gesorgt; es gab Wein, Braten, süße Speise und Früchte. Pucki und Waltraut hatten sich festlich gekleidet und den Kindern waren die Sonntagsanzüge angezogen worden. Sie saßen artig und mäuschenstill am Tisch und kamen sich sehr wichtig vor.

Dann erhob Doktor Gregor das Glas und wünschte dem verlobten Paar das Allerbeste.

„Sie, lieber Herr Bierbaum, werden ja noch manches Mal hinausfahren, bevor Sie unsere Emilie in Ihr Heim holen. Sonnenschein und Sturm, Nebel und schwere See werden Sie auch in diesem Jahr erleben, aber der Himmel möge Sie schützen, damit Sie gesund wieder heimkommen. Die See mit ihrem steten Wechsel ist so recht auch ein Sinnbild der Ehe und des Lebens. Auch bei Ihnen wird es manchmal glatte und manchmal schwere See geben, wie das Leben es mit sich bringt. Wenn Sie und unsere liebe Emilie aber immer wieder den sicheren Hafen finden, dann werden Sie glücklich sein. Das wünsche ich Ihnen von Herzen!“

EIN SCHRECK UND SEINE FOLGEN

Der Steuermann Jakob Bierbaum hatte Rahnsburg wieder verlassen. Selbstverständlich wurde Emilie nun dauernd mit Fragen bestürmt. Jeder wollte wissen, wann die Hochzeit mit dem Steuermann sein würde. Karl fragte, ob die Hochzeit auf dem Schiff gefeiert würde und ob die Knaben dabei sein dürften. Peter erklärte, sie würden Emilie mit der neuen Trompete, die er vor Kurzem bekommen hätte, ein Ständchen bringen.

„Fährst du dann mit dem Steuermann mit?", fragte Karl.

„Fängst du auch Heringe? – Gibt es auf dem Schiff nur Salzheringe zu essen? – Was machst du, wenn du seekrank wirst?"

So fragten die Kinder ohne Unterlass.

Schließlich wurde Emilie das Fragen zu viel, und eines Nachmittags wies sie die Knaben energisch aus der Küche.

Als Peter und Rudi erneut versuchten, in die Küche einzudringen, versetzte sie jedem der Knaben einen Klaps und drohte ihnen, sie würden morgen keine süße Speise bekommen, wenn sie sie noch weiter belästigten. Rudi gab sich zufrieden, Peter hingegen war auf Emilie böse. Er überlegte angestrengt, wie er sie ärgern könnte, und kam schließlich auf den Gedanken, sie einmal furchtbar zu erschrecken. Bis gegen Abend musste er damit warten, dann war sein Plan fertig. Er stellte sich hinter die Küchentür, nahm einen Besen zur Hand, über den er den Wischlappen gehängt hatte, zog eine Serviette über das Gesicht und wartete in der Dämmerung darauf, dass Emilie vom Flur aus die Küche betreten würde. Mit dem Besen würde er dann auf sie losgehen und dabei ein fürchterliches Geheul ausstoßen.

Endlich kam Emilie. Sie trug ein Tablett mit Gläsern in den Händen, die sie aus dem Wohnzimmer geholt hatte.

Bei Frau Gregor war Besuch gewesen. Als Emilie die Küche betrat, stürzte Peter mit lautem Geschrei hinter der Tür hervor und versuchte, Emilie den Besen in den Leib zu stoßen. In seinem Eifer sah er das Tablett mit den Gläsern nicht; sie fielen zur Erde und zerbrachen. Emilie stieß einen Schreckensruf aus, dann ergoss sich eine Flut von Vorwürfen über den Missetäter. Peter wollte lachend fortlaufen, aber Emilie hielt den Jungen fest.

„Jetzt habe ich es satt! Das geht zu weit! Jetzt mag dir dein Vater einmal nachdrücklich erklären, ob du einen Menschen erschrecken darfst und wer Schuld daran trägt, dass die Gläser zerbrochen sind."

„Ich wollte doch nur Spaß machen", meinte Peter kleinlaut.

Emilie wies auf die Scherben. „Das nennst du Spaß? Das ist eine Frechheit!"

„Warum hast du auch gerade Gläser in der Hand? Das habe ich doch nicht gewusst."

„Nun wird dir dein Vater schon eintrichtern, was sich gehört und was nicht."

„Mielchen – wir beide sind uns doch sooo gut. Ich helfe dir auch und sammle die Scherben auf. – Sieh mal, der Peter ist schon wieder artig."

„Ich lasse mich nicht beschwatzen. Deine Strafe sollst du haben, die hast du verdient. – Nein, mich so zu erschrecken! – Weißt du denn nicht, dass man keinen Menschen erschrecken darf?"

„Warum darf man das nicht?", fragte Peter, während er die Scherben aufsammelte.

„Ein Mensch kann vor Schreck krank werden. Manch einer ist sogar schon vor Schreck gestorben."

Da lachte Peter laut auf. „Ach nein, das glaube ich dir nicht!"

„Dann frage den Vater, der weiß es genau. Hier in Rahnsburg ist auch schon einmal einer vor Schreck gestorben. Denkst du, ich schwindle dir etwas vor?"

Peter streichelte Emilie zärtlich. „Na, du bist ja nicht gestorben und nun ist alles wieder gut, nicht wahr?"

„Aber die Gläser sind zerbrochen. – Fünf Stück."

„Mielchen – so, nun habe ich alles aufgesammelt, jetzt wollen wir nicht mehr daran denken."

„Oh, ich denke noch sehr lange daran. Ich habe den Schreck und den Ärger, dein Vater die Kosten und du kriegst die Prügel."

„Mielchen, ich erschrecke dich ganz bestimmt nicht wieder – weil man doch daran sterben kann."

Während Emilie noch mit Peter verhandelte und den letzten Rest der Scherben zusammenkehrte, kam Pucki herein. Peter verschwand hinter der Küchentür. Die Mutter hatte ihn längst gesehen und fragte Emilie, was vorgefallen sei.

„Da steht der unartige Junge, Frau Doktor Gregor", sagte Emilie zum Schluss ihres Berichts.

Bald hörte Emilie ein lautes Geschrei aus dem Wohnzimmer und die kläglichen Versicherungen: „Ich werde sie ganz bestimmt nicht wieder erschrecken. – Mutti, jetzt ist's genug. – Es waren doch nur ein paar Gläser."

Etwas später kam Peter wieder in die Küche, gefolgt von dem neugierigen Rudi. Er reichte Emilie die Hand und sagte noch immer schluchzend: „Ich mach nie wieder so was – es tut mir leid."

„Nun, dann ist alles wieder gut", sagte Emilie.

Von außen schlug er dann die Küchentür zu und schrie aus Leibeskräften: „Olle Petze – olle Petze!"

Emilie lachte nur dazu und gab sich den Anschein, als hörte sie die Schmähung nicht. Erst als Rudi mit einstimmte, riss sie die Küchentür auf. Da liefen die beiden Knaben davon.

Das kleine Vorkommnis war bald vergessen. Peter hatte den Vater gefragt, ob es wirklich möglich sei, dass ein Mensch tot sein könne, wenn man ihn ganz toll erschreckte.

Der Vater bestätigte das. Es gäbe manches, was einen Menschen ganz plötzlich sterben ließe. Großer Schreck könne das Herz plötzlich stillstehen lassen, dann sei es mit dem Menschen aus.

„Dann erschrecke ich nie wieder einen Menschen", sagte Karl nachdenklich, „auch die Brüder nicht. – Weißt du, Vati, es macht aber doch so viel Spaß, wenn man plötzlich wie ein Donnerwetter losfährt und der andere schreit auf."

„Wenn ihr euch beim Spielen ein wenig erschreckt, ist das nicht so schlimm, zumal der andere ja immer darauf vorbereitet ist, dass aus diesem oder jenem Versteck einer hervorspringt. Nur einen richtigen, großen Schreck darf man keinem Menschen zufügen. Das kann schlimm werden. Ihr kennt doch Tante Tekla?"

„Ja, die mit den weißen Haaren?"

„Richtig. Sie hat ihr weißes Haar durch einen großen Schreck bekommen."

„Vati, erzähle mal!"

„Tante Tekla hat mit ihrem Mann und ihren Kindern einmal eine Segelbootfahrt gemacht. Da ist das Schiff umgeschlagen und alle sind ins Wasser gefallen. Die gute Mutter wollte ihre Kinder retten, sie ist ihnen nachgeschwommen, fand aber nur eins. Laut rief sie um Hilfe. Ein junger Mensch half ihr und hat schließlich ihr anderes Kind gefunden, das schon bewusstlos war und erst nach langen Bemühungen wieder ins Leben zurückgerufen werden konnte. Diese schrecklichen Minuten, die Tante Tekla durchlebte, der große

Schreck und die Angst haben ihr schönes blondes Haar weiß werden lassen."

„Vati", flüsterte Karl, „ich erschrecke nun wirklich keinen Menschen mehr. Denke mal, der Anton hat so schönes Haar, wenn das plötzlich weiß würde, das wäre schlimm."

Über den Schreck, das weiße Haar und den plötzlichen Tod unterhielten sich die drei Kinder noch lange. Sogar in der Schule wurde viel davon gesprochen. Der Klassenlehrer wusste auch einen warnenden Fall zu erzählen. Er hatte in seiner Heimat erlebt, dass ein Mann durch Schreck gestorben war.

Die Septembertage gingen dahin und schon winkten die Herbstferien, auf die sich Peter ganz besonders freute. Pucki war jetzt viel im Garten beschäftigt, denn die zahlreichen Obstbäume brachten reiche Ernte. Die umsichtige Hausfrau trug selbst manchen gefüllten Korb ins Haus, für die Knaben aber war es eine besondere Freude, ihr dabei zu helfen.

So auch heute. Karl und Rudi folgten dem strengen Verbot, von dem vielen Obst, das bereits abgenommen war, zu essen.

„Ihr bekommt nachher genug. Aber alles dürft ihr nicht durcheinanderessen, sonst werdet ihr krank und müsst ins Bett."

Peter, der sich unbeobachtet glaubte, steckte aber schnell noch einige Birnen in seine Hosentaschen. Pucki hatte es gesehen. Schweigend nahm sie ihm die Birnen wieder weg.

„Mutti, es sind ja nur ganz kleine Dinger!"

„So, Peter, da du noch immer unfolgsam bist, darfst du heute nicht weiter mithelfen. Du gehst sofort ins Haus und lässt dich im Garten nicht mehr sehen. Das ist deine Strafe."

„Mutti, ich möchte nur ..."

„Peter, du hörst, was ich sage! Sofort verlässt du den Garten!"

Peter zog ein langes Gesicht, ging aber langsam davon. Er wusste ja, wenn die Mutti Ernst machte, gab es keine Widerrede.

Anfangs saß Peter im Kinderzimmer, dort wurde es ihm aber bald zu langweilig. Er ging hinaus in den Hof, aber auch Frau Mahler hatte keine Zeit für ihn. Nun stand der kleine Mann am Zaun, der den Hof vom Garten trennte, und rief laut nach Rudi.

„Du, komm her, ich habe was sehr Schönes!"

Rudi zögerte, kam dann aber doch langsam näher und als Peter immer kräftiger winkte, rief er in den Garten hinein: „Mutti, kann ich zum Peter gehen? Er hat was Schönes."

„Meinetwegen geh", sagte Pucki, „wir sind hier gleich fertig."

Da gab es zwischen den Brüdern bald wieder Streit, denn Rudi wollte das Schöne sehen und Peter hatte selbstverständlich nichts.

„Komm, Rudi, wir wollen zu Emilie in die Küche gehen, sie soll uns was Schönes erzählen."

In der Küche war Emilie damit beschäftigt, in einen alten Spirituskocher neue Flüssigkeit zu füllen. Sie benutzte den alten Kocher gelegentlich zum Kaffeekochen, wenn kein Feuer mehr im Ofen war. Rudi stieß sie kräftig an, sodass sich ein Teil der Flüssigkeit auf den Küchentisch ergoss.

„Ihr sollt nicht so stürmisch sein, Kinder", tadelte sie, wischte rasch einen Teil des Spiritus weg und setzte den Kocher in Brand. Die große Flamme, die hochschlug, war zwar gänzlich ungefährlich, weil der Tisch in der Mitte stand, aber für Rudi und Peter war das etwas ganz Neues.

„Hu – Feuer!", rief Peter. „Das brennt aber toll!"

„Feuer – fein!", schrie Rudi.

Als nun aber das Feuer wie leuchtende Tropfen hinunter auf den Fußboden fiel und auch dort die geringe Menge

Spiritus, die herabgetropft war, aufflammte, schrien die Knaben erschreckt auf. Emilie sah sofort, dass hier nicht die geringste Gefahr bestand, aber die Knaben, die das zum ersten Mal sahen, starrten entsetzt auf die züngelnden Flammen. Feuer, das wussten beide, war etwas sehr Gefährliches.

Und schon stürzte Peter aus der Küche, eilte durch den Flur hinaus in den Garten und schrie aus Leibeskräften:

„Mutti – Feuer! Mutti – in der Küche brennt es! Die Emilie hat alles voll Feuer!"

„Peter – was ist los?", fragte Pucki entsetzt.

„Alles in der Küche brennt!", schrie Peter und da er immer alles übertrieb und es mit der Wahrheit niemals genau nahm, erzählte er aufgeregt weiter: „Um Emilie brennt alles, und der Rudi ist auch da!"

Schon war die geängstigte Mutter von der Leiter gesprungen.

„Peter, es brennt in der Küche?", rief sie bebend. „Es brennt?"

„Alles brennt, Mutti!"

Pucki flog durch den Garten. Peter und Karl rannten hinter der Mutter her. Peter hörte nicht auf zu rufen: „Alles brennt – die Emilie wird nun auch brennen und der Rudi. – Mutti, Mutti, alles brennt!"

Vor Puckis Augen entstand ein grauenvolles Bild: Feuer in der Küche, darin Emilie und ihr Rudi. Wenn die Kleider Feuer fingen, war größte Gefahr. Warum schrien sie nicht im Hause um Hilfe, warum hörte sie kein Schreien und Rufen?

„Rudi – Emilie!" Sie hastete durch den langen Flur und stieß die Küchentür auf, vor Angst und Aufregung ganz außer Atem. Da sah sie Emilie ruhig in der Küche umhergehen und Rudi daneben auf dem Schemel sitzen, aber vom Feuer war nichts zu sehen.

„Feuer?", fragte Frau Gregor mit bebenden Lippen. „Wo brennt es?"

„Mutti", antwortete Rudi, „dort in dem Ding und um das Ding rum hat es gebrannt. – Das war fein!"

Pucki lehnte sich gegen die Tür. Eine plötzliche Schwäche überkam sie. Der Schreck, den Peter ihr eingejagt hatte, war zu groß gewesen. Noch klang es in ihren Ohren: „Alles brennt, die Emilie, der Rudi!"

Emilie sah das totenblasse Gesicht der Frau Gregor.

Rasch schob sie ihr einen Schemel hin. „Was ist mit Ihnen, Frau Doktor?", fragte sie bestürzt.

„Peter sagte – alles – brennt." Dann schloss Pucki die Augen.

Inzwischen hatten auch Peter und Karl die Küche erreicht. Peter glaubte tatsächlich, dass ihm das helle Feuer entgegenschlagen würde, und er war sehr verwundert, als nichts mehr zu sehen war.

„Mutti", sagte er erstaunt, „es war aber alles ... Mutti – Mutti ..." Pucki hatte die Augen geschlossen und den Kopf gegen die Wand gelehnt. „Peter, wie kannst du deine Mutter so erschrecken!", tadelte Emilie.

Die Worte hatten eine ungeahnte Wirkung. Mit weit geöffneten Augen blickten Karl und Peter auf die erschöpfte Mutter, deren Brust sich noch immer stoßweise hob und senkte.

„Der Schreck – der Schreck ...", murmelte Karl.

Dann umschlang er die Mutter mit beiden Armen. „Mutti, liebe Mutti – hast du dich so erschreckt?"

„Karlchen", hauchte Pucki. Der Junge sah, wie die Mutti am ganzen Körper zitterte. Da schlich auch Peter scheu heran.

„Mutti – Mutti ..."

„Lasst die Mutti in Ruhe!", rief Emilie ärgerlich. „Seht ihr denn nicht, wie sehr sie sich erschreckt hat?"

Alle drei Knaben dachten in diesem Augenblick an nichts anderes, als dass der Schreck die Mutti krank machen könnte.

Eine furchtbare Angst überfiel die Kinder, immer wieder riefen sie zärtlich den Namen ihrer Mutter.

„Pucki, liebes Mütterchen, werde doch nicht krank!"

Pucki, die noch immer von einem heftigen Schwindel befallen war, raffte sich gewaltsam auf. „Es ist schon – wieder gut, Kinder", sagte sie mit matter Stimme.

„Mutti, was fehlt dir?", fragte Peter ängstlich.

„Macht, dass ihr rauskommt!", sagte Emilie, nahm Rudi und setzte ihn ziemlich unsanft vor die Küchentür, dann kam Peter an die Reihe. Karl wollte in der Küche bleiben.

„Lass mich hierbleiben", bat er leise, „ich bin ganz still."

Vor der Küchentür saßen die beiden anderen Knaben und weinten leise vor sich hin. In der Küche hockte Karl an der

Seite der geliebten Mutter und hielt ihre Hand fest zwischen seinen beiden Händchen.

Pucki hatte die Augen wieder geöffnet, lächelte Karl freundlich zu und sagte:

„Nun ist alles wieder gut, mein lieber Junge. – Ach, Kinder, warum habt ihr mich so sehr erschreckt!"

Es war gut, dass Puckis innere Erregung sich endlich in Tränen auflöste. Aber diese Tränen taten Karl besonders weh.

„Mütterchen, wenn einem schlecht ist, legt ihn der Vati ins Bett. – Mutti, komm, ich will dich aufs Bett legen. Bitte, liebe Mutti, komm doch!"

„Legen Sie sich ein wenig nieder, Frau Doktor Gregor", bat auch Emilie. „Ruhe wird Ihnen guttun."

„Ja, Emilie", sagte Pucki matt.

„Mutti, leg mal deinen Arm fest um meinen Hals, ich führe dich. Ich halte dich ganz fest. – So, Mutti, komm."

Noch immer fühlte Pucki ein Zittern in den Knien.

Im Flur wollten sich Peter und Rudi sogleich wieder an die Mutter hängen. Da drohte ihnen Karl aber so erschreckend mit der Hand, dass es keiner der beiden wagte, näher zu kommen. Nur ganz zaghaft fragte Peters Stimme: „Mutti, ist dir wieder gut?"

Pucki legte sich im Wohnzimmer auf das Sofa, ließ sich von Karl zudecken, und Rudi durfte ihr ein Kissen bringen. Als aber Peter sich ebenfalls dem Sofa nähern wollte, um der Mutti auch ein Kissen zu bringen, wies sie ihn zurück.

„Nein, Peter, du darfst nicht helfen. Du hast die Mutti so sehr erschreckt, du hast wieder die Unwahrheit gesagt oder doch stark übertrieben. Die Mutti ist sehr traurig darüber. – Geh hinaus, Peter."

„Raus mit dir!", rief Karl, fasste den Bruder am Arm und zog ihn vor die Tür.

Im Kinderzimmer saß Peter mäuschenstill. Er merkte es kaum, dass ihm dicke Tränen über die Wangen rollten.

Wenn die Mutti jetzt krank wurde, hatte er ganz allein die Schuld. Er hatte gesagt, dass Feuer in der ganzen Küche sei, er hatte wieder die Unwahrheit gesprochen und die Mutti furchtbar erschreckt. Jetzt war sie ihm gewiss sehr böse, und sicher hatte sie ihren Peter nicht mehr lieb. Nicht einmal ein Kissen durfte er ihr bringen.

„Mutti – Mutti ...“, jammerte er. Alle seine Unwahrheiten standen plötzlich wie eine Anklage vor ihm. Er hatte Obst genommen, er hatte von der Marmelade genascht, ganz heimlich Bonbons aus der Schale genommen und immer aus einer Kleinigkeit eine große Sache gemacht. Oh, welchen Spaß hatte ihm das eigentlich immer bereitet! Aber wie oft hatten ihn Vater und Mutter deswegen getadelt. Aus einem Lügner konnte leicht ein Dieb werden; ein Dieb nahm erst wenig, später, wenn er größer wurde, nahm er mehr. Wie oft war die Mutti traurig gewesen. Wenn die Mutter jetzt durch den großen Schreck krank würde – das wäre furchtbar!

„Ich habe nur ein bisschen Feuer in der Küche gesehen, nur ein bisschen, und dann habe ich der Mutti gesagt, dass alles in der Küche brennt. Da ist sie gerannt vor Schreck. – Einmal war sie schon so krank, da musste sie fort, und nun wird sie wieder krank. – Ach, Mutti, du wirst mich nicht mehr lieb haben!“ So machte sich Peter bittere Vorwürfe.

Ob der Vati ihm noch gut war? Plötzlich kam dem Knaben der Gedanke, zum Vater zu gehen. Er konnte es vor Leid nicht länger aushalten. Nur ein Gedanke erfüllte ihn: Mutti wird krank werden.

Er lief zum Vater; der wollte gerade aus seinem Zimmer gehen. Peter taumelte auf ihn zu. „Hab mich lieb, Vati! Die Mutti hat mich nicht mehr lieb.

„Peterli, was ist denn los?“

Das Gesicht des Knaben glühte wie im Feuer.

„Natürlich habe ich dich lieb, Peterli, sehr lieb. Was hast du denn, Peterli?"

„Ich hab immerzu gelogen, ich bin ein schlechter Junge. Vati – ich – darf der Mutti – kein Kissen bringen." Dann weinte er herzzerbrechend.

Claus nahm den Kleinen auf den Arm und sprach beruhigend auf ihn ein. Eine Weile ging er mit ihm im Zimmer umher, dann entschloss er sich, den Knaben ins Bett zu stecken. Er trug das heftig weinende Kind hinüber ins Schlafzimmer.

„Hier bleibst du ruhig liegen, Peterli, der Vati kommt gleich zurück."

Dann suchte der Vater Pucki auf und fand sie im Wohnzimmer auf dem Sofa. Sie hatte sich schon wieder ein wenig erholt.

„Nanu", versuchte der Gatte zu scherzen, „das ist ja hier eine zweite Klinik. Was ist denn los?"

Sehr rasch verstand er den Zusammenhang. Puckis kurze Mitteilungen genügten ihm, um klarzusehen.

„Du bleibst liegen, Pucki", sagte er, nachdem er ihren Puls gefühlt hatte. „Jetzt gehe ich zu dem kleinen Missetäter, der heute eine Strafe bekommen hat, die fast zu hart war. – Mache dir keine Sorgen, Pucki, Peter bleibt in meiner Obhut."

Für Peter wurde eine Medizin geholt. Er lag still in seinem Bettchen. Die liebevollen Worte des Vaters wirkten beruhigend auf ihn. Trotzdem klopfte sein kleines Herz noch immer ängstlich.

„Vati, wird die Mutti krank?"

„Nein, Peter, sie wird nicht krank, die liebe Mutti ist wieder gesund. – Und du liegst ganz ruhig und machst deinen Eltern keinen Ärger mehr. Ich komme sehr bald wieder zu dir. Zunächst kommt Tante Waltraut her."

„Vati – ist die Mutti gesund?“

„Ja, der große Schreck hat ihr viel Herzklopfen bereitet, und beinahe wäre sie wieder krank geworden. Der liebe Gott hat es aber noch einmal gut mit uns gemeint.“

Da lag Peter ganz ruhig mit gefalteten Händen in seinem Bettchen und bat bald den lieben Gott, bald die Mutti, sie möchten gut und lieb zu ihm sein. Und er nahm sich fest vor, nie wieder zu schwindeln und nicht wieder eine Unwahrheit zu sagen.

DER TRAUM

Während Pucki sich von dem ausgestandenen Schreck schnell wieder erholte, lag Peter noch immer fiebernd im Bett. Der Vater erkannte bald, dass das innere Leid seines Knaben in der Hauptsache Schuld an seinem Befinden hatte. Kinder haben auch schon ihr Herzeleid und sie tragen oft schwerer daran als Erwachsene.

Wenn die Mutter an sein Bettchen trat, schloss er die Augen und wagte nicht, sie anzusehen. Wenn sie dann davonging, weinte er bitterlich in die Kissen.

Sie konnte ihn ja nicht mehr lieb haben! Der Knabe lauschte angestrengt, wenn die Mutter im Nebenzimmer mit Karl oder Rudi sprach; er sehnte sich danach, sie um Verzeihung zu bitten, aber auch das wagte er nicht. So wurden die Kinderaugen immer heißer und das Fieber wollte nicht weichen, trotz der Medizin, die ihm der Vater gab.

Eines Nachmittags, als Peter sich schlafend stellte, ging die Mutter lautlos im Zimmer umher. Da kam Karl herein. Er warf einen Blick auf den Bruder, glaubte ihn auch schlafend und sagte: „Mutti, hast du den Peter noch lieb?

Peter, der diese Worte hörte, konnte kaum an sich halten. Wie ein Hammer pochte sein Herz in der Brust.

Was würde die Mutti jetzt sagen?

„Natürlich habe ich ihn lieb, Karl. Eine Mutter hat alle ihre Kinder immer lieb."

„Er hat dir doch aber einen so großen Schreck eingejagt. Wenn du nun wieder krank geworden wärest!"

„Trotzdem hat ihn die Mutti lieb. Die Mutti ist ja so traurig, wenn sie sieht, dass eins ihrer Kinder im Bett liegen muss."

„Hast du den Peter – genausolieb – wie mich?"

„Ja, Karlchen, ganz genausolieb. Die Mutti wird den Tag sehnsüchtig erwarten, an dem Peter wieder gesund ist und aufstehen kann."

„Oh – eine Mutti ist aber was Schönes! Darf der Peter auch wieder Pucki-Mütterchen zu dir sagen?"

„Wenn er mir ernstlich verspricht, das Lügen zu lassen, darf er es auch wieder sagen."

„Na, dann ist es ja gut!"

Pucki und Karl verließen das Krankenzimmer. Die Mutter stand noch auf der Schwelle der Tür, als sie einen unterdrückten Schrei ihres Peter hörte. Hastig wandte sie sich um, ging zu seinem Bett und sah das fieberheiße, bebende Kind, das beide Arme nach ihr ausstreckte.

„Mutti, hab mich wieder lieb!", flüsterte er leise und innig.

„Ja , Peterli!"

„Mutti – darf ich zu dir Pucki-Mütterchen sagen? – Mutti, ich will auch nicht wieder naschen und nie wieder lügen. Tausend Jahre nicht! – Mutti, darf ich – zu dir – Pucki-Mütterchen sagen?"

Pucki hatte inniges Mitleid mit dem aufgeregten Kind und legte zärtlich den Arm um seine Schultern. „Wenn du mir versprichst, dir ernstlich Mühe zu geben, ein wahrhafter Junge zu sein, dann darfst du mich auch wieder Pucki-Mütterchen nennen."

„Mutti, ich verspreche es dir!"

„Es wird nicht leicht sein, Peterli, das bedenke wohl. Du wirst noch manchmal aus kleinen Dingen etwas Großes machen, das hast du dir leider angewöhnt. Aber wenn es geschieht und du merkst es, dann musst du dich gleich verbessern. Das würde schön sein und die Mutti sehr freuen."

Immer wieder blickte er ihr ins Gesicht, streichelte ihre Hand, brachte seine Lippen an ihr Ohr und fragte leise: „Darf ich jetzt?"

„Ja, mein Junge."

„Pucki-Mütterchen", sagte er mit tiefer Innigkeit, „mein allerbestes Mütterlein! – Jetzt ist es mir nicht mehr so heiß und so eng. – Ach, Mutti, du bist so gut!"

Behutsam legte Pucki den Knaben in die Kissen zurück. Unter den geschlossenen Lidern rannen seine Tränen, die ihm die Mutter liebevoll abwischte.

„Nun schlafe dich ganz gesund, mein lieber Junge, dein Pucki-Mütterlein hat dich sehr lieb und freut sich darauf, ihren braven Jungen bald wieder gesund zu sehen."

Überraschend schnell erholte sich Peter, seit er wusste, dass ihm die Mutter wieder gut war. Er gab sich die denkbar größte Mühe, sein Versprechen zu erfüllen. Er musste sich aber oftmals verbessern, denn es verging anfangs kaum ein Tag, an dem er nicht wieder übertrieb und lügenhaft aufschnitt. So sagte er einmal: „Mutti – heute habe ich tausend kleine Hühnerchen gesehen!"

„Wirklich tausend, Peterli?"

„Ach nein, Mutti, hundert waren es. – Ach nein, noch viel weniger. Ich glaube dreißig oder neunzig oder nur so viel, wie ich Finger an der Hand habe. – Mutti, ich wollte es gleich richtig sagen, aber es rutschte so schnell heraus. Ich sage es nicht wieder."

Und Pucki, die genau wusste, wie schwer es ist, sich eine schlechte Eigenschaft abzugewöhnen, tadelte nicht, denn ganz allmählich, das merkte sie, nahm sich Peter mehr und mehr zusammen.

Da war es eines Nachts, dass Karl aus dem Schlaf erwachte. Da die Tür zum Schlafzimmer der Eltern immer nur angelehnt war, hörte er plötzlich, wie die Mutter leise seufzte.

Er richtete sich auf. Was sie krank? Noch einmal hörte er ihr Seufzen und dann einen leisen Klageton.

„Peter! – Die Mutti ist krank! – Peter, wach auf!"

Peter ermunterte sich schnell und beide Kinder hörten nun das seltsame Seufzen. Da hielt es die Knaben nicht länger in ihren Betten. Sie stiegen heraus und gingen behutsam ins Nebenzimmer. Das Bett des Vaters war leer, er war vor einer Stunde zu einem Kranken gerufen worden. Pucki lag in tiefem Schlummer. – Aber wieder seufzte sie leise.

„Mutti", flüsterte Karl ängstlich.

Da erwachte die Schlafende.

„Kinder, was wollt ihr hier?"

„Mutti, bist du krank?"

„Nein. – Warum steigt ihr aus euren Betten?"

„Ach, Mutti, du hast so gejammert und so getan, als ob du weinen wolltest. Genau so hast du damals in der Laube gejammert. Mutti, was fehlt dir?"

Pucki musste lachen. „Eure Mutti hat eben einen ganz tollen Traum gehabt, da hat sie wohl im Schlaf angstvolle Töne ausgestoßen. War es so schlimm, dass ihr davon erwacht seid?"

„Ich war schon ein Weilchen munter, Mutti, da hat auf einmal dein Jammern angefangen."

„Nun geht wieder in eure Betten, aber sehr leise, damit Rudi nicht erwacht."

„Mutti, was hast du denn für einen Traum gehabt?", fragte Peter.

„Warum hast du so gejammert, Mutti?", wollte Karl wissen.

„Das erzähle ich euch morgen. Jetzt geht schlafen. – Ich hatte Angst um euch."

„Ach, liebe Mutti, erzähle doch! – War es so schlimm, was wir gemacht haben?"

„Nein", sagte sie leise und innig, „im Gegenteil, es war sehr, sehr schön."

„Erzähle doch, bitte, bitte!"

„Jetzt geht ihr schlafen, aber morgen, beim Sonntagsfrühstück, erzähle ich euch den Traum. Der Vati soll ihn auch hören. – Und nun schnell in die Betten!"

„Vergiss nicht, morgen", mahnte Karl. Dann verließ er das Zimmer. Sein Bruder folgte ihm. Bald lagen die beiden wieder in friedlichem Schlaf in ihren Betten.

Am Sonntag wurde das Frühstück im Gregorschen Haus immer etwas später eingenommen. Die drei Knaben saßen artig am Tisch, hatten ihr Frühstück verspeist und warteten darauf, dass ihnen die Mutti den Traum der vergangenen Nacht erzählen sollte. Da begann sie:

„Der Vati und ich gingen durch einen großen, finsteren Wald. Es war kein Weg, kein Steg vorhanden; wir wussten nicht mehr, wohin wir uns wenden sollten. – Da kamst du, Karlchen, hattest eine Axt in der Hand und fingst an, dicke Bäume umzuschlagen, denn du wolltest deinen Eltern einen Weg bahnen. Ich aber hatte große Angst, dass dir in der Dunkelheit ein Unglück zustoßen könnte, denn es war kaum noch möglich, etwas zu sehen."

„Aha", sagte Karl, „darum hast du so gejammert."

„Wir wollten nicht, dass du so schwere Arbeit tust, doch du sagtest, es wäre deine Pflicht, für die Eltern den Weg in der Finsternis zu suchen. So ließen wir dich gewähren."

„Mutti, ich hätte auch die großen Bäume umgehackt, um euch einen schönen Weg zu machen", sagte Peter.

„Mutti, habe ich nicht auch 'ne Axt oder ein Schwert gehabt und in dem finsteren Wald Bäume umgehauen?"

„Nein, Peterli, das hat nur Karl getan. Er hat dabei ganz laut gerufen, ob er denn nicht ein wenig Licht bekommen könne. – Da bist dann du, Peterli, ganz plötzlich gekommen und hattest eine Laterne in der Hand. Als die Laterne nicht genug leuchtete, bist du plötzlich emporgeflogen, bis wir dich nicht mehr sehen konnten, gerade hinein in den Himmel. Von dort holtest du ein Sternchen herab und nun war es plötzlich hell im Wald."

„Oh, Mutti", rief Peter strahlend, „dann habe ich für euch den Wald hell gemacht."

„Ja, Peterli, aber die Mutti hatte große Angst, als sie dich höher und immer höher fliegen sah."

„Da hast du wieder gejammert!"

„So sahen wir schließlich einen schmalen Weg, den wir gehen konnten."

„Mutti, wo war denn der Rudi?", fragte Karl. „Hat der auch gehackt oder einen Stern geholt?"

„Nein – Rudi saß in einem schönen Wagen. Er fuhr immer hinter uns her."

„Wenn doch kein Weg da war, Mutti?"

„Er fuhr eben auf dem Weg, den Karl mühsam zurechtmachte. – Weißt du, Peter, im Traum ist nicht immer alles richtig. Im Traum verwirren sich die Gedanken."

„Aber ein Traum hat auch manchmal etwas zu bedeuten, Mutti."

„Jawohl", sagte der Vater, der bisher ruhig zugehört hatte, „nun kommt einmal zu mir, ich will euch sagen, was der Traum der lieben Mutti bedeuten soll."

Die drei Knaben lehnten sich voller Erwartung an den Vater.

„Du, Karl, bist vor uns her in den Wald gegangen und hast mit der Axt den Weg für uns geschlagen. Das könnte bedeuten, dass der Sohn, wenn er erst groß ist, seinen Eltern den Lebensweg erleichtert und bereit ist, für sie Arbeit zu leisten und Mühen auf sich zu nehmen. – Meinst du nicht, Karl, dass das so sein könnte?"

„Ja, Vati", sagte der Knabe flüsternd, „wenn ich erst groß bin, mache ich euch einen breiten, schönen Weg, damit ihr gut gehen könnt. – Mutti, das war ein schöner Traum!"

„Vati, von mir hat die Mutti doch auch geträumt. Arbeite ich auch für euch?", fragte Peter.

„Peter, die Mutter hat von dir auch etwas sehr Schönes geträumt", fuhr der Vater fort. „Mühsam hat Karl für die Eltern den Weg gesucht, da kamst du und brachtest helles Licht. Helles Licht ist aber Freude. Als dir die Laterne noch zu wenig zu leuchten schien, strengtest du alle deine Kräfte an, um den Eltern und Brüdern, die bisher im Dunkel wanderten, noch mehr Licht, also noch mehr Freude zu bringen. – So sagt der Traum, dass unser Peter seinen Eltern und Geschwistern Freude machen wird. Nicht wahr, Peter, so wollen wir es halten?"

„Ja, Vati. – Na, und der Rudi? Der ist in einem Wagen hinterhergefahren?"

„Vati – dem Rudi habe ich den Weg breit gemacht, und der Peter hat dazu geleuchtet! – Hat der Rudi auch was Gutes im Traum getan? Oder ist er nur hinterhergefahren?"

„Rudi tut auch was Gutes", schrie der Jüngste.

„Ja, Junge", lachte der Vater, „der große Wagen, der von dir gefahren wurde, bedeutet, dass du die Eltern, wenn sie alt und müde sind und nicht mehr laufen können, in deinen Wagen setzen willst. Darum fährst du hinterher, um gut aufzupassen, ob sie auch noch laufen können. – Nicht wahr, Rudi, später fährst du uns in deinem Wagen?"

„Ja, Vati, der Rudi fährt euch!", schrie der Kleine begeistert.

„So, Jungen, nun ist die Frühstücksstunde vorüber, jetzt lauft und spielt!"

„Vati, einen Kuss muss ich dir geben, weil du uns einen so schönen Traum erklärt hast. – Ach, ich bin so froh, dass ich für euch den Weg machen kann und der Peter bringt die Freude und der Rudi fährt euch alten Leute! Ach, wird das schön sein!"

Vom Vater gingen sie zur Mutter. „Schön hast du geträumt, Mutti! Ach, träume immer so schön von uns! Wir

tun noch viel mehr für euch, immerfort, solange wir leben, denn wir haben euch ja so furchtbar lieb. Wir haben unsern Vati lieber als alles auf der Welt und noch viel lieber – nein, ebenso lieb haben wir die Mutti! Unser Pucki-Mütterlein!"

„Pucki-Mütterlein", wiederholten die beiden kleineren Geschwister und schmiegten sich an die glücklich dreinschauende Mutter.

Draußen strahlte die Herbstsonne. Da zog es die Kinder hinaus in den Garten. Bald hörte man sie fröhlich spielen und lärmen. Pucki und Claus traten ans Fenster und schauten ihnen lächelnd zu.

Ein Weilchen standen sie so. Dann schlang Pucki die Arme um den Hals des Gatten. „Was hast du aus meinem Traum gemacht, Claus! Wie schön hast du alles unseren Kindern gesagt. Ich glaube, mein Traum wird sie durchs ganze Leben begleiten."

„Meine Pucki", sagte Claus herzlich, „du bist unser prächtiges Mütterlein!"

Genehmigte Lizenzausgabe

Industriestraße 19
64407 Fränkisch-Crumbach 2016
www.titania-verlag.de

Illustrationen: Ingrid Hansen
Layout, Satz und Umschlaggestaltung:
design cat GmbH

ISBN 978-3-86472-011-6